MINGUO TONGSU XIAOSHUO
DIANCANG WENKU

碎月影

民国通俗小说典藏文库·冯玉奇卷

冯玉奇◎著

中国文史出版社

目　　录

1

2

第一回

邂逅留情卖花声曼曼
相逢恨晚倩女意绵绵

　　冷清清的一条霞飞路，本来是个幽雅富有诗情画意的住宅区。现在学校林立，竟变成一条热闹的文化街了。早晨和傍晚时候，就可以瞧见三五成群的学生在马路上行走。其中有大学生，有中学生，有小学生，广大学府都缩小得像一个鸟笼。这些都是谁来造成的呢？想诸位早已明白，也毋庸作者再来赘述。以下描写一个年轻学生和一个卖花女的恋爱，以极简单的笔墨来叙述极曲折离奇的情节。故事的开始，就在这一条文化街上。

　　初春的早晨，天气依然是很寒冷，晓风吹在脸颊上，觉得是怪刺人。街上静悄悄，连一个人影都没有，只有几只小鸟儿，在光秃秃的枯枝上吱喳地飞鸣。太阳已从地平线上渐渐地升起，天空由淡蓝变成深蓝，还点缀着朝阳反映下的几片彩霞。这时有个少年，身穿西服，外披大衣，白净的脸蛋儿上配着一根挺直的鼻梁和两只炯炯有神的眼珠，一望而知是个富于情感且带有侠气的少年。他胁下夹着厚厚的精装书本，两手插在大衣袋内，匆匆地正从吕班路转向霞飞路来。他似乎也感到时候还太早，路上实在很寂寞，校中也许一个同学还没有。好在吕班路是长得很，这样踱着过去，迨走到校里，时候也就差不多。于是他把手腕伸出一瞧，果然表上已经七点半钟，说早也不早，实在原因是这儿一段马路车子太少，所以更显得冷清。

1

这个少年是某大学的学生，今年春季才进到这个学校。其实他到这十里洋场的上海，也还只第一遭。原来他本是南京人，姓陶名拜云，字水香。这次和母亲同来上海，继续他的志愿，转考大学求学。这时校中开学已有一星期多，拜云是个好学的青年，所以天天是起得很早。今天他自己也感到太早，未免有些寂寞，因此他把脚步故意放得有劲，听着咯咯整齐含有节拍的步伐，似乎也觉得带有些音乐的成分。

正在这个时候，忽然在晨风中送过来一阵卖花声。这声音在寂静的空气中，是更觉得清脆动听。拜云连忙抬头向前望去，只见一个卖花的姑娘正从霞飞路转过来，见了拜云，便急急奔到拜云的面前。拜云见她奔来的势子是很猛的，心里倒是一怔，慌忙停住了步。但是那卖花姑娘既到了面前，却又把头低垂下来，这叫拜云实在弄得莫名其妙，心想：我和你素不相识，你这一下子究竟算什么意思？幸亏这时街上行人不多，要是给人见了，我倒要担着一个调戏少女的罪名呢。正要问她做什么，那姑娘却又慢慢抬起头来，和拜云齐巧打了一个照面。拜云这时才瞧清楚她的容貌，暗道：倒是个好模样。不觉向她又细细打量起来，瞧她年纪只不过十六七岁，雪白的一个鹅蛋脸儿，两只滴溜乌圆的眸珠，显出聪明的样子来。因为她被拜云一阵子呆瞧，所以娇靥是更加红晕。

她眼珠一转，终于先开口道："先生，请你买些儿好吗？"

拜云方才明白她所以突然奔在面前的缘由，心里倒不觉又好笑起来，说道："我不是娘儿姐儿们，要了它干什么用？"

她微笑道："这花是很香的，先生，你买几朵玩玩也好。先生花不了多少钱，咱就可以回家替妈烧饭，养活咱娘儿俩了。"

拜云想，这姑娘倒是挺会说话，因笑道："那么你这鲜花要卖多少一朵？"

她一面把左臂上挽着的篮子向上一提，一面道："贵不了多少，十个铜子一朵，一毛钱三朵。先生，你瞧这花多鲜美。"

她把一束花拿起，眼珠向他一瞟。拜云接过了瞧了一瞧，又向她望了一眼，将那束鲜花仍旧放在她的篮内。她瞪起了眼，跳脚道："先生，您不要吗？"

拜云笑道："姑娘，你别着急。"说时，便伸手向袋内摸出一张角票，交给她的手里道："你妈既等着你去做饭，那你拿去吧。"

拜云说着，回头便走。她把角票接在手里，眼睛向他背影望着出了一会子神，忽然又追上来喊道："先生，你快回来，花忘拿呢。"

拜云回过身子，她已奔到前面，因道："这花我送给你吧。"

她摇头道："这不能，先生，花你拿去。我自己卖花的，怎么反要你送花呢？"

拜云道："姑娘，你别误会，我此刻上学校里去，拿了鲜花还像什么？"

她将那一口雪白的牙齿微咬着嘴唇，眸珠向他凝视了一会儿，忽然把她手中那张角票送了过来道："先生，那你就不该买花。我不要，请你拿回去。"

拜云倒想不到一个卖花姑娘竟有这样人格，一时不禁对她愕住了。她见他这个模样，便扑哧笑起来道："要不你把花拿去。"说时，在篮内又捡起三朵花。

拜云见她这样天真，心里微微一动，这就盯住她目不转睛，直把她瞧得不好意思起来，两颊上泛起了红晕，咻的一声道："先生，你怎么啦？"

拜云这才觉得了，因伸手接过一朵鲜花道："那么我就拿一朵怎样？"

她点了点头道："也可以，我找还你二十个铜子。"

拜云摇手道："不用找了，这些算我送……"说到这里，觉得不好意思，因转口道："你给我留着吧。"话还不曾说完，身子已向前走了。

他还恐怕她再追上来，所以连连加快，几个步子早已转入了霞飞路。那时太阳已悬挂在高空，路上男男女女的学生都已急匆匆地向学校里去。拜云一瞧手表，原来已经八点二十分，因不愿再走，跳上一辆电车，去坐在靠窗的旁边，拿起这朵鲜花，向鼻管里嗅了一下，脑海里便浮现出那卖花女郎的面容，不觉自语道："这孩子可爱。"

他才说出口，却见旁边一个女学生睁着杏眼，向自己瞪了一眼。拜云方知她是误会了，一时两颊通红，真有些坐立不安，遂索性闭了眼，装作个不知道。大约有了三分钟时候，忽听耳边又有娇滴滴的女子声音叫道："密司脱陶，怎么你昨儿晚上不曾睡吗？"

拜云连忙睁开眼睛，回头望去，原来自己身旁坐着的早已换了一个女学生。只见她身穿湖色哗叽旗袍，外罩枣红呢大衣，云发卷曲，柳眉杏眼，正是自己校中的皇后韩倩倩女士。不觉"咦"了一声道："巧得很，密司韩什么时候上车？"

倩倩嫣然一笑道："就在才儿一站。你怎么车上打盹？倒是安闲得很。"

拜云微红了脸笑道："你不要取笑，我哪里打盹？"

倩倩瞥眼见他手中拿着一朵鲜花，便又暗暗笑起来道："密司脱陶，这一朵鲜美的花儿，打算送爱人去吗？"

拜云连摇两下手道："哪里哪里，刚才有个卖花的，一定要我买。我因瞧她可怜，所以买她一朵，其实我一些儿都没有用。"

倩倩抿口笑道："我不信，要是你真的话，那么你把这朵花儿送给我。要是不肯，就显见你说谎。"

拜云道："这也容易，你如喜欢的话，你只管拿去。"

说着，便把花朵放到她的手里。倩倩老实不客气地接在手里，望着他笑道："你不要嘴里说得好，心里可恨我不识趣了。"

拜云道："这就难了。要不要只'爱克司'光灯来给我照一照？"倩倩忍不住咪咪笑起来。

正在这时，卖票的大叫拉都路，这才将两人惊醒过来，急急跳下电车，两人并肩地向学校里走去。

刚跨进校门，就见同级里的潘季玉和鲍寒村匆匆地出来，一见两人，心头都觉有些酸溜溜，笑道："我们皇后几时有了这个随从？"

拜云听了，羞得两颊通红。因为自己是个新生，且又在客地，不便和人翻脸，遂匆匆自管到教室去。倩倩笑嗔两人道："你们尽管胡嚼，回头不告诉王老师捶你。"

季玉一伸舌头笑道："谢谢你，你要打就请你自己打两下，告诉是不能够的。"

正说时，上课钟已敲，三人因大家进课堂去，只见拜云坐在案桌边，两手托着下颚，正在瞧书。倩倩从他旁边走边，对他盈盈一笑，拜云觉得刚才太被人侮辱了，心里真有些气愤，所以低下头，只当不瞧见。一会儿理化教授王老师来了，大家摊开书本，静听王教授的讲解。一会儿王教授又背过身去在黑板上写字，拜云的案桌上忽然多了两个纸团，因忙先把一个展开来瞧道：

　　谢谢你的鲜花。刚才他们的胡说，请你不要生气。

　　今天午后二时，我在国泰戏院候你，请你切勿爽约。

　　　　　　　　　　　　　　　　　　倩倩

拜云瞧了这个条子，心中又觉好笑，暗想：我才到这里还不上两个星期，多承皇后垂青我，这也真难得了。男女交际，倒有女的先来自动相约，这尤其是罕有的事。若不答应她，倒有些不好意思。不但是这样，自己也未免不识抬举。看起来皇后做事，究竟有些专制，她不需征人的同意，就叫人不要失约。

拜云一面想，一面把另一个纸团打开来瞧。这一瞧正是应着了不瞧犹可的一句话，直把拜云气得目瞪口呆。你道上面写的什么？原来却并不是个字条，里面画着一只天鹅，翱翔天空，下首画首一只青蛙，高抬了头望，意思是癞蛤蟆想吃天鹅肉。拜云几乎气得发晕，这是哪个恶作剧，竟这样挖苦我？想来一定是潘季玉和鲍寒村这两个家伙了。我今天一定不能答应她，将来若被他们凭空造谣，我们的名誉在无形中不是要受损失吗？拜云本来心里很高兴，现在这样一想，好像兜头泼了盆冷水，热度立刻降到零度以下，因此他便决心拒绝她了。

一个一个钟点过去，好容易到了午饭时分。因为在这非常时期，学校多而校舍少，这固然也是一个原因，大半也是为避免危险，所以只上了半天课，下午教室是要让给别个学校来上课。一等下课钟敲了，大家早已合上书本，夹在胁下鱼贯而出。拜云为了要给倩倩一个答复，所以他是特别走得慢，等人家都走完了，方始站起身来。那时倩倩早已姗姗走来。拜云叫道："密司韩，这事真万分地对不起，下午齐巧另有别的事，你约我瞧电影，能不能够改期在明天？"

倩倩听了一怔，忽又眸珠一转笑道："也好，这时我们一同走了。"

拜云因让倩倩先走，两人出了校门，向人行道上一路踱过去，默默地谁也不开口。倩倩忽然向拜云衣袖一拉道："密司脱陶，我不回家吃饭了，大家到里面去吃些怎样？"

拜云抬头一瞧，原来已到一家咖啡馆的门口，因点头道："那么你请先进。"

两人遂到里面，刚才坐下，忽见潘季玉和鲍寒村两人笑着进来，大家一见，只得招呼同坐一桌。倩倩心中好不恼恨，想这两人真太不识趣。拜云道："两位来得很好，我们大家谈谈。虽然我们只有八九天的友谊，但我觉得两位是很可以亲近。"

季玉笑道："不错，我们应该联络感情，增进友爱。"

倩倩道："不用说了，我们叫四客大餐吧。"

寒村道："就这样好了，我的肚子咕咕吵得厉害。"大家都笑了。等到四人吃毕大餐，时已一点左右，拜云抢着会了钞，季玉、寒村道了一声叨扰，四人在咖啡馆的门前方始各各握手分别。

第二回

一寸相思梦魂空颠倒
三生绮孽蓦地惹纠缠

拜云跳上电车，到吕班路顾家宅花园下车，约走了十余步，就见一堵矮围墙，中间两扇铁门，旁边挂着一块铜牌，上书"江寓"两字。拜云按了电铃，门役前来开门，见了拜云，便叫道："表少爷回来了。"拜云一面点头，一面向甬道走进里面去。

原来江寓是他舅爹的家里，拜云爸爸陶堪不幸早亡，亏遗有家产十余万，母子两人始可平安度日。这次时局变动，他的舅爹江紫若在中华银公司得知消息很早，所以急拍电到南京，给他妹子陶老太，叫他们迅速来沪，因此才免惊吓。拜云母子到了上海，紫若遂安顿他们住下。好在江公馆是三楼三底的小洋房，空屋原多着，当然不用再向外面去另找房子了。

拜云走完甬道，转入一个小院子。忽然迎面奔来一个女孩子，险些和拜云撞个满怀，因连忙将她抱住，只见那女孩抬起头来，咯咯地笑道："啊呀，云哥，险些被你吓掉小魂灵呢！"

原来这女孩便是江紫若的千金，名叫寄萍。江老夫妇都年已半百，膝下只有寄萍一个，真好像是掌上明珠，万分爱惜。寄萍今年十五岁，生得娇小玲珑，天真活泼，处处脱不了稚气可爱，现在中学里读书。江老太和陶老太姑嫂两人，原本各人有心，只因年龄相差稍远一些，拜云今年已是二十二岁，所以大家也迟迟地并未谈及。

当时拜云听她反来埋怨自己，因也笑道："妹妹，你自己奔得太快，怎么反怪我呀？我倒真给你吓一跳，但是你有没有给我累痛吗？"

寄萍笑道："这样说是我自己不好，我倒不曾累痛什么，你的脚尖一定给我踏坏了。"

拜云噗地笑道："这可不是豆腐做的，哪里就会踏坏？萍妹，你这样急地到哪里去？"

寄萍眸珠一转，笑道："你问我这话，我又要怪你不好了。因为你这样迟还不回来，我来等你的呀。"

拜云"哦"了一声道："这个妹妹真对不起，那么我们到上房去吧。"说着挽了她的手。

寄萍道："我问你，你在哪儿？饭吃了没有啦？"

拜云道："我和朋友在外面吃的。"

说时，已到上房，江老太和陶老太都坐在沙发上吸烟。寄萍叫道："姑妈，妈妈，云哥回来了。"

拜云也上前请了安，江老太道："云儿怎的这样回来？"

拜云道："和朋友在外面吃了饭。"

寄萍拉着他连连问道："云哥，男朋友还是女朋友呀？"

拜云因为妈和舅妈都在，不好意思和她说笑，因正经道："当然男的，哪里来女朋友？"

寄萍呸了一声道："云哥骗我，我不信。你说到底是什么？"

拜云被她缠着，只好对她憨憨地笑。

江老太笑道："这可了不得，这妮子痴了，现在都叫你管得这么紧，往后云儿怎么办呢？"

陶老太和拜云听了，也都笑。寄萍滴溜乌圆的眸珠呆望着江老太，怔怔道："妈妈，你们笑什么？我不能问的吗？"

大家听她这样说，益发大笑起来。寄萍愣住了一会子，忽然红晕了脸，似懂非懂地嗔道："你们都笑我，我不高兴了。"说着，把脚一顿，便逃到自己的房中去。害得陶老太和江老太都笑弯腰，拜云站在旁边也没意思，便回身到书房里，放了书本，在旁边研究一回。忽听背后一阵笑声，拜云回过头去，见是寄萍，因拉过她手笑道："我问你，你才儿说不高兴，现在可又高兴了？"

寄萍靠近他的身怀，微咬着嘴唇道："我不懂你们为什么都笑我，云哥，你告诉我吧。"

拜云笑道："这也不用我告诉，你往后自然会明白的。"

寄萍道："那么你到底和谁在一块儿吃饭？"

拜云"咦"了一声道："朋友，朋友，你难道还没听清楚吗？"

寄萍道："朋友我知道，是不是……"说到这里，嗑嗑一笑，便道，"不问了，回头又叫你们笑。云哥，我们一块儿去玩玩好吗？"

拜云道："你要到哪儿去玩？"

寄萍走到对面椅上坐下，笑道："现在这个时代，还有心思玩吗？我们坐着谈谈得了。"

拜云笑道："前后都是你说的。我们坐着谈谈也好。我问你，校中学生多吗？"

寄萍道："我们一级里有四五十个，她们都比我大。我人算最小，她们都叫我小妹妹。"

拜云道："妹妹真太聪敏，像你这样年龄，能够在高中里能有几个呢？"

寄萍道："只怕活不长命。"

拜云忙笑道："你又讲痴话了。你爹妈只有你一个，你怎能够不长命呢？"

寄萍听了，却不回答，望着他憨憨地笑，忽然站起来道："我记得了，我还得去练习一下三角几何。"说着，便自管奔出室去。

拜云待她走后，一时室中又感到冷静十分，把书本合上，静静地想：表妹原是可爱，但究竟年龄太轻，和我整整相差七年，处处孩气未脱，我是只把她当作小妹妹看待。她是一颗的纯洁的童心，当然一切更不用避什么嫌疑。密司倩倩她虽然很倾心我，但似乎太浪漫，而且追求她的人也太多，容易被人妒忌。不知怎么，一时他竟会想起那个卖花姑娘。她倒是个十足的北平人，说话清脆动听，容貌也可以说是个好模样，要是给她好好地装饰起来，也许比倩倩还强。但转念一想，自己真也痴得可怜，一个卖花的姑娘，阶级上相差太远，这倒还在其次，第一便是知识的缺乏，要和她谈起爱情来，这未免是太笑话。想到这里，自己也就忍俊不禁。

拜云伏在桌上胡思乱想，一会儿好像自己和倩倩已在国泰戏院里，倩倩对待自己是热情得了不得，两人已经订了婚，拥抱着接吻；一会儿又忽见那个卖花姑娘，望着自己憨憨地笑，似乎含有无限的柔情蜜意。拜云情不自禁，赶步上去，将她的柔荑握住，正欲动问，忽见那卖花姑娘早已变作了表妹江寄萍，拜云恍惚间听她说道："云哥，你已订了婚，几时大喜呀？咱们是要喝哩。"

拜云见她意态，眼皮儿红红的，似乎要哭的神气，自己也觉有些对不住她。表妹是天真可爱的，她是常常地关心自己，我真有些悔不该和韩倩倩订婚。但用什么话去安慰她呢？这时候忽然又有人来喊道："表少爷，不好了，我们小姐快要死了，你快去瞧瞧。"

果然拜云好像已在寄萍的床边，寄萍淌着泪道："我原说只怕命不长，现在果然这样了。"

拜云心似刀割，悲痛得了不得，偎着寄萍哭起来。但是一会儿好像死的并不是寄萍，说是那个卖花姑娘。拜云疑惑不定，头脑实在有些缠不清，糊糊涂涂自己又好像在一个墓前，也不知是寄萍死了，还是那卖花姑娘死了，似乎还不十分明白，胸中只觉得无限沉痛，他忍不住呜呜咽咽哭起来。忽听有人在他耳边低低叫道："云哥，云哥，你怎么啦？快醒来呀！"

拜云被她叫醒，两手揉着眼睛，回头见叫自己的正是寄萍，一时便猛可把她抱住。寄萍却咯咯地笑道："你哭得好伤心，到底梦见了什么呀？"

拜云一瞧室中，已是上了灯，细想梦境，大半已经模糊。听她问着，便笑答道："我梦中被妹妹打了呀。"

寄萍啐他一口，一面又把手指在自己脸颊上划着，笑道："你瞧你自己的颊上，还带着眼泪呢，羞也不羞？"说着，把纤指在他脸上一抹，果然抹下一滴泪水来。拜云一面拿手帕擦脸，一面捧过她的小脸，要吻她香。寄萍不依，哧哧笑着便逃到对面沙发上去，瞅着他道："云哥，你这一回打盹，时候真不少。我才儿出去，还只三点左右，我把功课完毕，早已上灯时分。我想你怎么不出来，所以又进来瞧你，谁知室中一片漆黑，扭亮电灯，方才知道你伏在桌上打盹，睡得甜蜜得很，想来滋味一定很好。我正想和你开个玩笑，不料你忽然大哭起来，倒被吓一大跳。你说我打你，这我不信，我怎么会打你呢？就算真的我打你，你也不见得会哭呀。"

拜云听她絮絮地说了一大套，倒也给她说得笑了，道："妹妹这话不错，就算你打我，我也不会哭的。"

寄萍跳着笑道："那你究竟梦见什么？"

拜云道："梦里的事情，糊里糊涂的，我早已忘得一干二净。妹妹问我到底梦见什么，我实在回答不出。"说着，两手向上一伸，又连连打呵欠道，"真的时候睡得不少，我只觉得一忽儿，怎么天就黑暗了？"

寄萍道："亏你还说得出。你功课有舒齐没了？"

拜云舌儿一伸道："你这位女教授就厉害。"

寄萍咯咯地笑弯了腰，然后又他对面坐下，正经道："那么你自管干你的，我不来缠你了。"说着，便在写字台旁随手拿过一本画报，翻着瞧看。拜云因也翻开书本，但是看不到一页，那脑中又要想梦境了。难道表妹真会不长命吗？偷眼向寄萍望去，只见她乌圆的眸珠完全注意画片上，雪白牙齿微咬着嘴唇皮子，倒正在瞧得出神。拜云心想：我听老年人说，梦境中的事和现实是完全相反的，那么表妹倒是长命百岁呢。想到这里，又觉好笑，想这种都是无稽之谈，梦境中事更是不足为信。照情理上讲起来，有所思必有所梦，都是刚才表妹自己说得不好，我因颇觉感触，所以有这个梦，哪里可以信以为真？

拜云这样一想，也就不再疑惑。这时忽见室外奔进一个雏鬟，向两人叫道："表少爷，萍小姐，老爷回来了，请你们用晚饭去。"

寄萍抬头道："樱儿，老爷才回来吗？"

樱儿道："好一会儿了。"

拜云把书合上，笑道："夜里再干吧。"

寄萍咏咏一笑，两人遂携手到饭厅里去。

次日拜云和寄萍依然各自到学校，拜云将走到吕班路的时候，只见那个卖花的女郎又在那里出现了。她今天穿着一套青布的袄裤，头上裹着巾衣，衣服虽不十分新鲜，却也相当清洁。见了自己，似乎有些儿怕羞，但她终于慢慢地迎过来，向拜云轻轻道："昨天我还没有谢谢先生，你就走了。"

拜云笑道："这些儿是不用谢的。姑娘倒是起得很早。"

她微微叹口气道："像我们这样人家，不起得早，哪里还有饭吃。"

拜云点头道："这也说得是，今天我再买你一朵。"

说时，在袋内摸出一个双毛的法币。她把篮子提起，拣了一朵最鲜艳的花儿，交给拜云。拜云也把法币放在她的手里。因为放下去时是太急促一些，所以两手便猛可地一碰，拜云就感到她的手不但是白嫩，而且是细腻，真好像是柔若无骨，实在不像贫苦人家的女儿，心里觉得有些奇怪。她却又叫道："先生，这钱太多了。"说到这里，脸儿一红道，"我才出来，找不出铜子呢。"

拜云笑道："找不出就别找了，我也没有零碎铜子。"

她把眼皮低垂着，柔顺地向拜云望了一会儿。拜云知道她一定是很感激自己，很想知道她一些身世，但是怎样向她开口问呢？或许人家不愿回答，被她碰个钉子，那不是很不好意思吗？但是老这样站着，岂不被人笑话？因望了一下手表，向她笑着点一点头，遂

12

回身向前又匆匆走了。一面走，一面心中便觉恋恋不舍。这也奇怪，今天和她谈了几句，彼此似乎比昨天是熟悉了许多，对她也就更发生一种好感，这好感是不是爱情的作用呢？自己也不明白。

拜云情不自禁地又回过头去望一眼，因了这一望，心坎里就更印上了一层不灭的影像。原来她怔怔地站着，也望了自己兀是出神。拜云迅速地又回转头来，心中想大概不是我一个如此吧。这就笑了一笑，匆匆到学校去。

进了学校大门，第一个遇见的便是韩倩倩。她一见拜云手中又拿着一朵花，因迎上来笑道："密司脱陶，你早。怎么这朵花又是送谁的？"

拜云心里实在好笑，一面和她握手，也道声早，一面忍俊不禁道："不送给密司韩，还叫我送谁？我想天天送你一朵，让你编个美丽的花圈可好？"

倩倩把他手连摇撼一阵，扬着眉毛笑道："你这话可真？"

拜云道："我要骗你干吗？"

倩倩眸珠一转道："今天午后你大概没有事吧？我在家等你，你能驾临吗？"

拜云这次不好再推托了，因笑道："你太客气，我一定来拜望你。"

倩倩高兴得脸上笑容没有平复，拿出自来水笔，在纸了簌簌地写了几个字，交给他道："这是敝舍的地址，请你不要失约。"

拜云接过，正想瞧时，忽然当当的钟声敲起来。

第三回

女也恋新旧欢怀暗妒
花能解语往事诉从头

　　拜云一听已敲上课钟，两人方始上教室去，这当然是很受别个同学注意，尤其是潘季玉和鲍寒村。寒村向两人扮了一个鬼脸，因为他是个大胖子，素有滑稽家东方哈台之称，见了他这种表情，谁也不能不捧腹大笑起来。拜云、倩倩经他们这一笑，自然是很不好意思，红了脸匆匆回案头上去。同学们都觉得有趣，只有潘季玉一人铁青着脸，真有些气着发晕。原来潘季玉是个纨绔子弟，用钱的阔绰自不必说，而且生成了一副白净脸儿，凭着自己的财和貌追求异性，实在再便当也没有了。他是倩倩的一个忠实仆役，倩倩也成为他的禁脔，谁不知道他们是对未来的鸳鸯？但是自拜云进了学校，皇后的爱情转变了方针，她把她所有的热情全都灌到拜云的心里去。季玉好像是一朵凋谢的花，早被倩倩遗弃在脑后了。你想，这叫季玉是多么难堪。所以等下了课，便拉着他唯一好友鲍寒村到静僻地方，恨恨道："你这人真可恶。"

　　寒村把浓眉皱在一起，圆眼笑成一条线道："咦，你这人有趣极了，自己爱人被人夺去，怎么倒来怪我呀？"

　　季玉道："你不该向他们这样扮鬼脸，这是愈显他们的得意，叫我瞧着不难堪吗？"

　　寒村道："原来如此，你这个人真也窝囊透了，这样着急有什么用呢？"

季玉忙道："老兄，你替我想个法子，要是能够把倩倩回过心来，你要什么我就依你什么。"

寒村把大肚一挺，拍了两下道："算数？不要摆在心里。"说到这里，又附耳向他道，"我对你说吧……"

季玉还以为这胖子有什么妙计了，心里倒是一阵欢喜，急忙凑过头去，谁知寒村轻轻道："一个人最要紧的是忍耐，终得慢慢想法子，看机会行事，将来终会胜利的。"

季玉道："还有呢？"

寒村一怔道："还有什么呀？"

季玉急道："还有什么话吗？"

寒村睁大了眼道："没有什么话了呀。"

季玉气得骂道："你真是个空心胖子。我瞧你这副神气，终以为有什么好法子教我了，谁知你说来说去仍是一些废话。你叫我忍耐，再要忍耐，生米倒已要变成熟饭了。"

寒村笑道："你这话也太把密司韩看轻了。我问你，你和密司韩交了一年多的朋友，你在她的身上到底有得些什么？"

季玉一听，果然不错，除了握手外，最多也不过拥抱着吻了一个嘴，但是她殷红的小嘴本来是我一个人的专有品，现在要被拜云这小子抢了去，到底叫人有些着急。因道："那么你要好好给我留意才好。"

寒村点头道："这个我自理会得，你还用关照吗？"

两人说着，各自走开。

光阴是很快的，早已是中午了。临走时倩倩叮嘱拜云道："密司脱陶，不要忘记，下午三点钟，我在家里恭候你。"

拜云点头道："我知道的，静安寺路愚园路是不是？"

倩倩道："不错，转角就是。好在门上有我们姓氏的。"说着，遂握手分别。

拜云便一路走回家来，不料刚走到亚尔培路时，忽然横路里转

15

出一人，和自己撞了一下。拜云连忙站住，定睛一瞧，却是一个女子。只见她俯下身子摸着脚，拜云知道定给自己踏痛，一时便窘住了，连忙道："对不起，对不起……"

他还没有说完，这女子就站起身来，和拜云打个照面。两人经这一瞧，不觉都"咦"起来。只听她哧地笑道："先生，你们可放学啦？"原来这女子就是卖花姑娘。

拜云微红了脸道："你可给我累痛没有？"

她摇头道："没有什么，这真太巧了。"说到这里，不知她为什么，那粉脸竟一阵阵红晕起来。

拜云也忍不住笑道："你这时打从哪里来？怎么手中是什么书？"拜云又发现她的手里握着一本卷书。她把身子扭了扭，好似十分不好意思，不肯拿出，望着他抿嘴笑。

拜云道："不好拿出来瞧瞧吗？"

她这就不能不拿过来道："是本妇女杂志。才走过旧书摊，瞧便宜就买了。"

拜云暗想，这女孩倒是个知识分子，因道："你也识字吗？"

她听了这话，觉得有些不平，笑道："先生您以为贫苦人家的女儿终是个无知识的吧？"

拜云也自悔失言，听她这样一问，就愈觉不好意思，因忙道："不，不，你别误会。我知道你如果喜欢瞧书的话，我倒可以送你几本瞧瞧，因为我家里尽多着书。"

她扬着眉儿笑道："真的吗？那我真要谢谢你了。"

拜云在她笑时，又发现她脸上有一件最可爱的东西，是别人不常有的两颊中的酒窝，心中更增了一分兴奋，便道："我还不曾给你呢，你别谢得这样快。你这时候也回家了吗？不知你家在哪里？"

她道："在蒲柏路。"

拜云道："这就正好，和我回家是一路的。你愿意和我谈谈吗？那么我们就一同走了。"

她点着头，于是两人开始便在霞飞路踱着。拜云道："我很愿意知道你一些身世，不知你可以告诉我吗？"

她很快答道："有什么不可以？"

拜云道："那么请问姑娘贵姓？你叫什么名儿？"

她道："我姓黄，名叫花奴。因为妈生我的时候，正在中秋夜里，所以自小就叫我月儿。"

拜云点头道："很有个意思。你今年几岁了？"

花奴听他问起年纪，倒是一怔，因望他一眼。可是拜云却并不注意，两眼只望着前面，好像是很随口的。因低声答道："十七岁。"

拜云忽然回过头来道："你好像不是南方人吧。"

花奴道："正是，咱是北平人，去岁才逃亡到上海。"

拜云见她说话时脸上已改了面色，当然这是触目惊心，谁也不能无动于衷啊。拜云道："你爸妈都在一起吗？"

花奴哼了一声，又叹口气道："过去的种种，我不愿再说……不过先生您要听的话，我说给你知道也好。"

拜云脸上是浓罩着忧愤，他没有说什么，静静地听她说出下面一段话来：

宛平县是我可爱的故乡，我的爸爸黄成仁是陆军军官学校毕业，在三十七军二十四师部下任旅副的职。爸爸二十三岁那年和我妈结了婚，第二年就生下我。到我六岁时，就送我上学校。除了其中因为生场病，在家里养息了一年，学校生活倒也整整度了十个年头。我也有个弟弟，要是在着的话，大概有十岁了吧。

去年五月八日的夜晚，爸爸是在军部里，他是每星期回家一次，所以不在家里。咱们娘儿三口子正睡得好浓，突然被隆隆的炮声惊醒。以下的事，我不用再说，大概你也知道的。总之，炮火毁了我的家，断送了爸爸和弟弟的性命，历尽千辛万苦，和母亲流亡到上海。上海是寸金之地啊，孤儿寡妇凭什么来维持生活？为了要活命，要求最后的生存，咱们只有苦干。卖花女似乎是个低贱的名称吧，

17

但是……这也管不了许多了。

拜云听到这里，忙道："这也不见得，能够自食其力，我终觉得是世界上最神圣的。"

花奴不免又哧哧一笑道："可是社会上人的心理绝不是这样的呀。"

拜云自晓得了她的身世，心中更起了一阵敬爱。原来她本是好人家的女儿，因问道："那么你是高中毕业了？"

花奴摇头道："高中里终算过了一年生活，大概我是个薄命人，所遭到的境遇到处都是碰壁。"

拜云道："这不是你一个人如此，许多许多人都受了这个灾难，单拿我来说，何尝不是同你一样呢？"

花奴眸珠一转道："话说了许多，我还不曾请教先生大名。您贵姓啦？"

拜云道："我姓陶，名叫拜云，是南京人。"

花奴微笑道："你南我北，谁也想不到竟在上海相识了。"

拜云道："这是件值得纪念的事。从今天起，我愿和你做朋友，不知你能答应吗？"

花奴笑道："你似乎说得太客气，叫我回答什么好呢？我觉得很惭愧，因为……"

拜云道："不用说了，因为你是个相当有知识的女子，我也不必再来为你解释，我们年轻的人，第一要有实心眼儿，去干实在的事，将来幸福是会降临的。你以为对吗？"

花奴点头道："这话不错，陶先生真是个难得的好青年。"说到此，忽然脸儿一红，觉得这话太亲热，未免有些不好意思，那两颊便愈加娇艳。

拜云听她说出这话，心中这一快乐，当然是难以形容。两人各想心事，静静地走了一截路，彼此都不说话，只有那合着节拍的步伐在地上擦着，橐橐作响。忽然花奴抬起头来，向右边一指道："陶先生，我向这边转弯了，你呢？"

拜云一见，原来已到吕班路的蒲柏路口，因道："我向前一直走。"

花奴道："那么明儿见。"说着，向拜云弯了一弯腰。

拜云道："慢着，你家离这儿远吗？要不我给你叫辆车子？"

花奴含笑道："谢谢你，我家已不多远了。"

拜云道："你要瞧书，我明天带给你好了。"

花奴点头。拜云伸过手去，意思是想和她握手，但不知他怎样一转念，把手反提到头顶上，去抓了一下头发，向她说声再见，方始匆匆分别了。

拜云一看手表已十二点三刻，因跳上人力车，叫快拉到江公馆去。事情也正凑巧，谁知这时又会遇见她，因此知道了她的身世。原来她倒也是个中学生，半年前的她是个旅长家里的千金小姐，但是半年后的她却竟成了街上的卖花女，这她哪里又能想得到？拜云坐在车上，心里是一阵一阵地想，不觉起了无限的同情，因同情又觉得可怜可爱。

拜云一阵子地乱想，车子早已停了下来，因匆匆付了车钱，三脚两步走进上房，只见他们正在吃饭。拜云把书在桌上一放，寄萍笑道："云哥，你饭又在外面吃了吧？"

拜云忙道："没有，没有。"

江老太因忙喊樱儿盛饭。寄萍把从椅扔过一旁，留出一个空位置，让拜云坐下。陶老太道："我们道你又不回家吃饭了。"

拜云应了一声，拿起筷子，就向嘴里扒。寄萍笑道："饿得好可怜模样，怎么连一句话都不会说了？"

拜云听了，扑哧一声，几乎把饭喷了一地。连江太太和陶太太也好笑起来。拜云笑道："萍妹专派我的不是，你又没问我什么，叫我回答你什么呢？"

寄萍道："我的话你不回答，这倒不要紧，姑妈和你说话，你怎的只是唔唔呢?"

拜云望着陶老太太道:"妈,你说什么呀,我真没有听清楚。"

寄萍噗地笑道:"那你在想什么心事?"

这一句话倒是说在拜云的心坎里,想难道我今天脸色果然有些和平日不同吗?要不,表妹怎说我在想心事呢?

江老太太见他呆呆地怔着,因笑道:"萍儿和你开玩笑,你信她胡说。"

寄萍咯咯一笑,便放下碗筷,到房中洗脸去。拜云这才放心,暗想:原来自己多心,我道表妹眼力竟厉害到如此。一面想,一面也匆匆用完饭,拿着书本回到书房。在转椅上坐下,静静地又想了一会儿,忽然站起,走到书橱旁边,打开玻璃门,在里面拣了几种妇女周刊、杂志、文艺创作等,大概十余本。正想回身,忽见寄萍跳着嚷进来道:"云哥,你这做什么呀?"

拜云笑道:"没有事,拿出些来瞧瞧消遣。"说着,去放在写字桌上。

寄萍道:"你倒耐心喜欢瞧这种书?"

拜云笑道:"那么萍妹喜欢瞧哪一类书呢?"

寄萍咻咻抿嘴笑道:"我什么书都不要瞧,拿起书本就会头疼的。"

拜云忍俊不禁道:"真的吗?那你喜欢什么消遣?"

寄萍道:"没有事我喜欢聊天,没有人聊天,我喜欢打盹。"寄萍边说边笑,说完了这几句话,便伏在桌上笑得直不起腰来。

拜云也大笑道:"萍妹,你真是个快乐使者。这样喜睡,不是要成个瞌睡虫吗?"

寄萍抬头瞅他一眼,啐道:"我是瞌睡虫,你自己呢?"

拜云"啊呀"道:"这全是妹妹自己说的。你问我,我和妹妹一样的怎样?"

寄萍呸了一声,又忍不住笑起来。拜云一瞧手表,已经两点半钟，因道："我记起一件事。"

寄萍道："什么事？"

拜云道："一个同学约我三点钟到她家里去，时候就到了。"

寄萍道："我瞧你真也忙透了，一会儿同学请吃饭了，一会儿又约到家里去。"

拜云笑道："我也感到麻烦，但是朋友间的应酬是很难推却的。"说着，便披上大衣。

寄萍送出来道："早些回来，别乐而忘返呢。"

拜云笑着点头，已跨出院子。寄萍站在石阶级上，却仍摇着小手儿呢。

第四回

酒绿灯红销魂同艳舞
兴酣情醉弯臂百媚生

拜云跨出院子，忽然又回转身来道："萍妹，晚饭不一定回来吃，妈和舅妈那里请代为说一声。"

寄萍道："我知道了，但是你回来时候，要给我带些东西的。"

拜云道："你说吧，要什么东西？"

寄萍哧地笑道："我喜欢什么东西，难道你还不知道吗？"

拜云笑道："知道，知道，回头准给你带来是了。"说着，已出了江公馆，坐上一辆车子，便匆匆到倩倩家里去。

到了愚园路，见果然有座住宅，上面写着"韩公馆"三字，他便按铃进去。只见门役出来问道："请问先生看谁？"

拜云取出卡片道："瞧你们小姐，请通报一声。"

门役接过卡片，弯着腰笑道："那么请里面坐吧。"

说着，遂在前领路，到了会客室，叫他坐着略等一会儿，一面高叫小翠。只见一个十四五岁的小鬟走出来道："什么事？"

门役道："这位陶先生是来看小姐的，你去通告一声。"

小翠接过卡片，向拜云睐了一眼，便匆匆进去了。不多一会儿，只听一阵咭咯的革履声从里面响出来。拜云抬头瞧去，见正是倩倩，因忙站起。倩倩满脸笑容道："啊呀，密司脱陶，有失远迎了。"

拜云笑道："不要客气。"两人彼此就握了一阵手。门役见小姐认识的，也就自管出去。

倩倩道："真难得请你过来。"

这时小翠出来道："小姐，请陶少爷里面坐吧。"

倩倩听了，便将手一摆。拜云不敢冒昧，因道："密司韩请先走。"

倩倩道："那我不客气了。"

小翠已掀了帷幔，拜云遂跨进里面，却见是个书房摆设，窗明几净，真可称是纤尘不染了。拜云以为这里便可以坐了，但是主人家尽管向里面走，自己是不得不跟着走的。大约穿过了好几个房间，便显出一弯曲的扶梯，上面铺着印花的地毯，走上扶梯，便到了一个房间。拜云还只跨进一只脚，就觉得鼻中闻到了一阵细细浓香，心中暗想：她带我究竟到什么所在呀？因睁眼向房中打量一周，原来却是个卧房模样。房中摆设全是西式家具，四壁湖色油漆，上面悬着几个金边框子，里面都是倩倩自己的小影，有全身，有半身，各种姿态，都不相同。

倩倩向拜云嫣然一笑，两手伸过来，意思是要替他脱大衣。拜云连说不敢，一面自己脱去。小翠早来接过。倩倩道："请坐吧。"拜云便在一只长沙发上坐下。小翠又端上一杯热气腾腾的玫瑰茶，一面把紫绒的门帐放下，自己就退出去。

拜云捧着玫瑰茶，喝了一口。房中和外面气候好像是差了一个季节，暖烘烘包含着无限春意。原来这时房中还开着一只电炉呢。倩倩见他呆呆地坐着，一声不响，因笑着道："地方不清洁得很，你可别见笑。"

拜云笑道："太客气了。"

倩倩在圆桌上的烟罐里抽出支烟，递过来道："吸支玩玩怎样？"

拜云不好意思推却，只得站起接了。倩倩又给他来燃着火，拜云弯着腰连说对不起，倩倩噗地笑道："你别尽闹着客气，还是随便一些吧。"说着，便在橱里取出一盒百花糖来，放在桌上，叫拜云吃些。拜云也就不再客气，遂在桌旁坐下。倩倩又取出两只高脚玻璃杯

23

和一瓶小口大肚的白兰地，在杯中倒了两杯。拜云想：这位密司倩倩太欧化，我酒是喝不来的，这个事倒叫我窘住了。果然倩倩拿起玻杯，向他一举，拜云这就不得不站起来，也举起杯子，就在这叮当一声两杯相碰中，大家干了杯。

倩倩微微一笑，握起玻瓶要再来一杯，这叫拜云再也忍不住了，因笑道："惭愧得很，酒量太浅，再喝恐怕要醉倒。"

倩倩道："我不勉强你。"说着自己又喝了一杯。

拜云见她粉脸本来涂着胭脂，现在就更觉红晕可爱。两道水盈盈的秋波，好像真的动荡起来。她走到窗旁，将绿纱帷幔全都掩上，一面开了电灯，一时房中便显出醉人紫色的光线。倩倩又扭响了收音机，里面便播出爵士音乐的歌声。她向拜云笑着点头道："请少待一会儿。"

拜云也不知道她要做什么，遂点了一下头，她却转入锦屏里去。拜云喝了酒，心中不觉兴奋起来，且又处身在温香的房中，眼瞧着醉人的灯光，耳听着美妙的音乐，却是乐得不知所云，好像处身在天堂中了。正在这时，忽然眼前一亮，只见倩倩从锦屏里走出来，她这时身上已换了一件绝薄的银纱旗袍，裸着大腿，踏着镂花革履，两袖齐肩，那双圆润的玉臂好像粉嫩的出水藕儿，胸中奶峰耸起，隐约可见，亭亭走上前来。拜云只觉幽香触鼻，一时神魂飘荡，也不知道怎样是好。

倩倩这时便在房中跟着音乐节拍舞蹈起来，秋波只向拜云瞟来。拜云到此真是情不自禁，待倩倩舞到身边，便挽着她的玉臂，一手将她纤腰抱住，两人便在房中双双地对舞。倩倩娇脸偎住拜云颊间，吹气如兰。拜云本来已醉，这时更熏着失了神志。胸间软绵绵的，好像贴着两个馒头，慢慢地由缓转快，再由快转缓，舞到后来，音乐一停，两人嘴对嘴地喷的一声吮住了。经过良久，那音乐又起，他们方始离开嘴唇，复又舞蹈起来。这样舞了三次，倩倩早已娇喘吁吁。拜云笑道："休息会儿吧。"倩倩便把娇躯躺到席梦思上去，拜云坐在旁边，望着她出神。

倩倩把纤手勾住他脖子，拜云伏下身子，在她鲜红润润的樱唇上早又吻住了。倩倩微闭了星眼，呼吸是很平匀。拜云只觉得胸中跳得厉害，清晰可闻。倩倩轻轻道："我爱，你知道我心中是多么爱你呀！"

拜云道："密司韩，我真被你陶醉了，你真是个可爱人儿。"

倩倩瞟着他只是傻笑，两人喁喁地谈了一会儿情，倩倩便站起，仍回锦屏里去，换了衣服出来，把收音机关住，开了一大灯泡。拜云此时酒已清醒，一见梳妆台上摆着白玉镶边的美人钟，已经六点十分，不觉"呀"了一声道："怎么一忽儿已六点多钟了？我该回去了。"

倩倩道："忙什么，不这儿便饭吗？"

拜云搓手道："我已吵扰了大半天。"

倩倩瞅他一眼笑道："你怎么说出这个话来？"

这时门帘掀处，就见小翠开上饭来。拜云暗想：幸亏我们已不在跳舞，要不被她见了，可不要给人说我太放浪吗？倩倩难道真有心爱我吗？否则自己的卧房怎能给男人轻易进来，而且还给我拥抱舞蹈，甚至于接吻？这我真太幸福了。但转念一想，自己真好大胆，而且太不应该，对于异性朋友，固然不能如此放浪形骸，万一若被她爸妈知道，变起脸来，我不是有诱惑闺女的罪吗？想到这里，直有些坐立不安，不知如何是好。

倩倩见他一忽儿竟呆若木鸡，因笑道："密司脱陶，想什么呢？我们用饭吧。"

拜云听了，这才走近桌边坐下，两人端起饭碗。拜云道："密司韩的老伯和伯母在家吗？"

倩倩笑道："我的妈妈是死已多年，爸爸有好几个公馆，这儿是二姨和我住的，他每个月不过来四五次罢了。"

拜云听了，这才恍然大悟，倩倩所以浪漫到如此地步，实在是由于环境的缘故。一时想起刚才的情景，又觉万分不好意思，红着脸儿道："密司韩，请你恕我冒昧。"

倩倩心想，这孩子真老实得可爱，因含笑不语。两人用毕晚饭，翠儿拧上手巾，泡上香茗。倩倩向镜台前化妆一回，便和拜云并肩坐着谈情。忽见门外走进一个少妇，大约二十四五，身穿紫绒旗袍，浓施脂粉，眉目间暗显风骚，见了两人，便笑叫道："倩囡，你真好快乐，怎么也不来通知我一声？我还道你出去了。"

倩倩因向拜云介绍道："这便是我的二姨林秋心女士。"

拜云一听，便向她行个鞠躬礼，叫声伯母。秋心却伸手出来，和他握住笑道："你怎么叫我伯母？可不折死了我？"

拜云听了，倒颇觉新鲜，想她们是最新的典型家庭，我似乎不能太拘于礼，反被人笑话，因也紧握她手摇了一阵笑道："如此我叫一声密司可否？"

秋心眉儿一扬，笑道："这才对哩。"三人遂又坐下。

秋心道："密司脱陶和我们小姐是同学吧？"

拜云道："不错，密司韩为人热情得了不得，待人接物更是和蔼可亲。"

倩倩噗地笑道："你别说得我太好，叫我可有些难为情。"

秋心笑道："密司脱陶这话，原也不错。我们倩小姐要不专心爱了人，否则她尽会把热情灌到对方的心田里去。"

拜云听了，红着脸不好意思回答。倩倩瞅她一眼，哧地笑道："二姨，你怎么把什么话全都嚷出来了？"

秋心笑道："那也没有关系。密司脱陶今年几岁了？"

拜云笑道："你们猜吧。"

秋心回过身来，两手将拜云肩儿握住，望着出了一会子神。这样一来，拜云又悔不该说这句话，因忙道："我告诉你，你也不用瞧了。"

秋心咯咯笑道："就是你自己告诉，我相婿也不该相得仔细些吗?"说得拜云、倩倩通红了脸，也忍不住笑了。

秋心道："我瞧你二十一岁，大概差不多吧?"

拜云伸出一个指头道："再加一岁。"

秋心道："我的眼力不错，倩小姐今年十九岁，小你三年，你们正像是一对儿。"

倩倩笑道："二姨，你不用说了，今晚我们到哪儿去玩玩? 密司脱陶是难得来的。"

秋心道："我知道你是个跳舞健将，到百乐门、圣爱娜，随你的便吧。"

拜云一瞧手表，已经九点左右，因道："对不起得很，因为我在家里没有说出，怕家里心焦，改日再奉陪怎样?"

倩倩道："没有关系，那么既不出去玩，就再坐会儿好了。"

拜云站起道："时候真也不早，我已叨扰了酒饭，改天让我请二位吧。"

倩倩道："这是哪儿的话? 我觉得太简慢你了。"说着，便拿过拜云大衣，两手提着衣领，让他穿上。拜云忙退后一步，双手接过，道声劳驾，便自行披上。

秋心道："你别忙，叫阿三送你回家。"拜云连说别客气，小翠早已下楼去吩咐。待三人走到院子里，阿三汽车已侍候在那里。拜云和两人握手分别，跳上汽车，叫开到吕班路江公馆去。

拜云坐在车厢里面，想起刚才荡人心魄的一幕，真觉有些惭愧。密司韩似乎太浪漫，但是自己怎么也会失去理智呢? 秋波似的俏眼，殷红的嘴唇，高耸的奶峰，圆肥的臀儿，一切一切，她的魔力实在太大了。拥抱，接吻……几乎自己已忘记了在人间，这好像已到了神仙境界。但是这到底不合我的个性，假使她果然真心要嫁给我的话，凭着她这样挥金如土的手段，我也养她不活呀。想起来终不及我的萍妹朴素可爱、天真活泼，倒真是个时代的新女性。

想到这里，忽然汽车喇叭呜呜两声，阿三回过头来道："陶少爷，到了。"

拜云因忙摸出一张钞票赏给阿三，阿三道了谢。拜云跳下车厢，正想去按电铃，突然想起一件事，连忙把手又缩回来，"啊呀"一声，自语道："这可好了，萍妹叫我带东西，我竟压根儿都忘了。这可怎么办？"因忙又回身，招上人力车，叫拉到霞飞路，在定家糖果公司里买了一圆盒的奶油太妃糖，再坐了车匆匆回家。

到了妈的房里，见妈已经睡熟，不便惊醒，遂回身到舅妈房里。只见樱儿出来笑道："云少爷回来了，萍小姐在你房中等着哩。"

拜云一听，三脚并作两步急急赶到房中，只见寄萍伏在桌上打盹。拜云脱了大衣，把糖盒放在桌上，轻轻走到她身旁，在她耳边低声唤道："萍妹，萍妹。"

寄萍被他喊醒，两手揉揉眼睛，向拜云望了一会儿，不觉笑着跳起来道："咦，云哥，你多早晚回来的？我一个人等你一会儿，烦闷起来就睡着了。"

拜云握着她手道："我真不该叫妹妹等得那么久，回头着了寒怎么好呢？"

寄萍眸珠一转道："你别说这话，我心爱的东西你给我带来吗？"

拜云手指着桌上道："你瞧，这不是吗？"

寄萍回头望去，不觉乐得大喜，两手抱住了拜云的脖子，小脸藏在一边，咯咯笑个不停。拜云知道自己一定猜中她的心思，因便将她抱起，笑道："萍妹心爱的东西是不是这个？"

寄萍听了这话，越想越不好意思，越是不好意思，她便越笑得厉害，忽然离了拜云身怀，便匆匆逃出房外去了。

第五回

促膝谈心良宵情切切
街头挥拳流血泪盈盈

拜云见她在自己房中等了这么久，差不多要打起盹来，现在既见我回来，忽又匆匆逃回房去，倒又怕起羞来，心中也觉好笑。因自语了一声"这孩子有趣"，便把桌上那盒太妃糖拿起，又跟着到她的卧房里。只见寄萍仰面躺在床上，见拜云进来，便又从床上跳下道："咦，云哥，你来干吗？"

拜云"咦"了一声道："萍妹，你怎么不把你心爱东西带来呢？我是特地送妹妹心爱东西来的呀。"说着，把手中的糖盒向她一晃。

寄萍听了，红晕着脸，顿脚笑道："云哥，你再说我不依你。"

拜云道："这是为什么呢？不是妹妹自己说的吗？"

寄萍把身子扭了扭，"嗯"了一声，说道："我不管，我不要你说，你说我一定不依……"说到此，忽然伏在枕上又咻咻笑起来。

拜云把糖盒放在桌上，笑道："我就不再说你了，时候也不早，我们明儿见。"

寄萍听拜云要回房去，便立刻站起招手道："云哥，你别忙呀，我有话问你呢。"

拜云只得回转身来道："你问我什么话？"

寄萍凝视着他，抿了嘴儿只管憨憨地笑。拜云见她稚气可爱，便不由自主地奔过来，走近寄萍身边，笑道："怎么不说话？敢是骗我？"

寄萍眸珠一转，噗地笑道："谁骗你？我问你，你怎晓得我喜欢这个呢？"说着，把手指着糖盒。

拜云道："这你别问，我只要问你一句，你心爱东西到底是不是它？"

寄萍把手一顿，噘了嘴道："你又说了。"

拜云笑道："我说什么呀？"

寄萍把手举起，向他一扬，做个要打的姿势。拜云将她手握住，一面拖到沙发旁坐下，把她纳入怀里，要吻她香道："你要打我吗？我可不饶你了。"

寄萍真的打他一记腿，眼珠白了一眼。拜云忍不住笑起来，寄萍这时又站起，把糖盒打开，自己拣了一粒，剥去美丽的锡纸，放在口里细嚼，回头向拜云道："你自己来拿。"

拜云道："你不能拿一粒给我吗？"

寄萍笑道："我本来拿给你，但是你为什么欺侮我？"

拜云伸手道："我现在偏叫你拿一粒。"

寄萍哼了一声道："这盒糖你既送给我，就是我的东西了。你偏要我拿，我就不给你吃，看你怎么样。"

拜云舌儿一伸，笑道："萍妹倒是个厉害，你不给我吃，我是只好不吃了。"说着，便站起身来就走。

拜云这一放刁，倒把寄萍又急起来，身子一扭，早已抢着奔过拜云的前头，拦住了门，望着他笑道："我说着玩的，你当什么真？"

拜云扑哧一声笑道："我也和你闹着玩，你着什么急？"

寄萍睃他一眼，便走近身来，拉了拜云手到桌边，一手向盒内抓了一把太妃糖，放到拜云的手掌里，说声："拿去，这总好了吧？"

拜云摇头道："这不对。你这个样子，好像和我斗着气。"

寄萍听了，哧哧笑道："那么你要我怎要拿给你才对？"

拜云道："这个我不管，不过你终太不自然一些。"

寄萍笑道："这就难死人了。我和你斗气干吗？你自己不要不高

30

兴吧。"

拜云拉了她的手，在沙发上仍又坐下道："你这是什么话？你从哪里瞧出我不高兴？"

寄萍低头道："你如高兴的话，干吗起身就走？"

拜云笑道："你不给我吃，我不走，难道我流着馋水瞧你吃吗？"

寄萍咮地一笑，忽又低头不语。拜云捧着她的脸儿抬起来，"咦"了一声道："干吗？你哭了？"

寄萍揉着眼笑道："你又胡说乱道，我好好儿的干吗要哭？"

拜云道："你脸上的眼泪还留着，怎么我骗你？"

寄萍回头过去，偷偷地拭了，又回身笑道："我真和你说着玩儿，你别流馋水了，让我剥粒你吃怎样？"

拜云这才明白她的淌泪实在是恐怕我的不高兴，这孩子真也可怜了，因忙点头道："谢谢萍妹。"

寄萍已把锡纸剥去，亲自塞到他的嘴里，拜云笑道："这糖好像比别的糖甜。"

寄萍道："是吗？我也觉得，所以我喜欢这糖。"

拜云道："不但是甜，而且还特别香。"

寄萍圆睁了杏眼怔着，问道："甜是实在的，香恐怕没有吧？我怎么没闻到？"说着，拿了一粒放到鼻上去。

拜云笑道："你不用闻的，这一盒都不香，只有我吃的这一粒是香的。"

寄萍撇了一下嘴道："你又骗我。"

拜云道："谁骗你？真的，我现在还觉香呢。"

寄萍见他说得认真，因问道："这到底是什么原因，你倒说给我听听。"

拜云见她这样天真无知，因咯咯笑道："我告诉你吧，因为这块糖是妹妹亲手剥纸，亲手放在我的嘴里，所以是格外来得香甜呢。"

寄萍听了半天，方才晓得他在和自己开玩笑，因红晕着双颊，啐他一口，自己也笑了。

拜云道："萍妹，你还恨我吗？"

寄萍忙道："我多早晚恨过你？"

拜云道："我站起要走，你不是当真了吗？"

寄萍道："你说开玩笑，我也说开玩笑，既然大家都是开玩笑，还有什么恨不恨呢？"

拜云点头道："这话说得是，原是我不好，倒累你心里难过。"

寄萍道："过去的事你还说什么？我问你，你今晚在哪儿玩？"

拜云道："在朋友家里吃了饭就走的，并没有在什么地方玩呀。"

寄萍点头道："我也知道你不会去玩，现在外面兵荒马乱，且一会儿又发生炸弹案，一会儿又要提早戒严，外面走路，实是很危险的。"

拜云听了，真敬爱得了不得，因道："多谢你替我操心，我一定听从妹妹的话。我原说妹妹是个现代的新女性。"

寄萍瞅着他笑道："你又给我戴高帽子了。"

拜云捉了她手，连说："打嘴，你怎么知道我给你戴高帽子？"

寄萍伏在他的肩上笑个不住。拜云见时已不早，因道："妹妹，你也可以睡了吧，不要明天大家都落不起。"

寄萍站起道："不错，她们同学又要说我懒学了。"说到此，又哧地一笑。

拜云因说声晚安，便自回寝室去安睡。

次早起来，拜云瞥眼瞧见桌上放着十余本杂志和周刊，一时又想起那个花奴姑娘，这些书是要送她去瞧呢。今天我不能和萍妹一起走，她见我带了这些书，一定又要寻根追底地问个不住，倒叫我回答不出来。

拜云想着，急急洗脸漱口。丫鬟樱儿已端着牛奶进来，拜云问道："萍小姐起来没有？"

樱儿笑道："萍小姐睡得正浓，刚才我去瞧她，仍还没有醒。"

拜云道："你不用叫她，回头她问起我，你只说我校中有事先走一步好了。"

樱儿答应，便去收拾洗脸水。拜云吃过点心，遂披上大衣，挟着应用书本和一包给花奴的周刊，便匆匆地出了大门。瞧着手表，已经八点相近，今天迟了些，不知花奴能否遇得到，因加快脚步，一路地走去。

刚走到蒲柏路时，忽见前面有四五个男子，看过去好似流氓模样，围着不知什么东西，大概又在赌博，因也不去管他，自管匆匆过去。不料正在这个时候，忽听一个女子声音，大喊道："陶先生，你快来呀！这一班无赖欺侮我呢！"

拜云一听，好生耳熟，急忙抬头望去，只见那声音正从那四五个围着的人丛中发出，这才恍然大悟，这几个无赖在青天白日之下，竟敢大胆拦路调戏妇女，因忙走上去。那时这四五个流氓听那女子向前高喊，便都回转头来。那个女子也早脱身逃到拜云面前。拜云一见，果然是卖花姑娘月儿，因忙放过花奴，向他们正色道："大清早你们不该拦住人家姑娘调笑，要是被巡捕瞧见，恐怕还要挨顿棍子。"

拜云话还没有说完，早就见一个戴鸭舌帽的男子抢步上前，大声骂了一声："放屁！老子干的事，要你小子来管吗？"其余四个男子也都把手叉腰，圆睁环眼，势似豺狼。拜云到此也不觉大怒道："好不知耻的东西，在这青天白日下，也任你们横行吗？"

正说到这里，那戴鸭舌帽的便就劈面一掌打来，幸亏拜云避得快，没有打着，一时恨从心头起，把手中书本丢在地上，挥拳就向他颊上就是一拳。那戴鸭舌帽的挨了一拳，便大呼："你们还不快动手！"

说时，那四个男子早已一拥上前。拜云见他们人有五个，拳有十只，若和他们厮打，是万难取胜，所谓不能力敌，只能智取，我只要不给他们包围，是不要紧的。因连忙跳到人行道上，背靠着墙壁，和他们拳来脚去地大打。原来拜云前在南京大学读书，素有运动健将之称，全国运动会和世界运动会都出过名，所以臂力很强，五个人真也不放在眼里。不料那戴鸭舌帽的见同伴们不但打不着他，反而吃了他的亏，一时恶向胆边生，猛可地从怀中拔出一柄亮闪闪的小刀，直向拜云刺来。那时花奴站在一旁，早已吓得浑身乱抖，要想喊巡捕，无奈这里并没有站岗，街上行人又少，正在急得跳脚，忽见那人拔出小刀，这一急真非同小可，不觉出了一身冷汗，一面极声狂喊救命。拜云见那小刀正欲刺在喉管，一时也情急无主意，立刻向左边一让，那刀齐巧落在拜云的右胸上。拜云"啊呀"一声，身子便即跌倒。流氓见事已肇祸，大家便即四散奔逃。

花奴早把卖花的篮子丢掉，急急奔走到拜云身旁，蹲下来叫道："陶先生，你怎样了？你……"

拜云把右手紧按胸口，咬着牙齿，哼着道："不要紧，你快喊辆车子送我上医院去。"

花奴回头向四下一望，不但没有巡捕，而且行人都没有，一时急得没有了法儿。正在这时，幸喜那面有辆人力车慢慢地拖过来。花奴一见，真好像黑暗中得到了光明一般高兴，急忙招手高喊。那人力车夫见有生意，便立刻奔着拉过来。这时花奴也顾不得怕羞，用力将拜云抱起，一同坐到车上，叫车夫快快拉到宝隆医院去。

到了医院，花奴先跳下车，到挂号处一说，即有看护两人前来扶拜云到头等病房，替他脱了大衣，只见西服上一堆血渍。花奴见了，忙乱中一酸，不觉掉下泪来。这时已给拜云躺在床上，一会儿就有一个医生前来，叫看护把西服也脱了，一面撕了他的衬衫，拿出听筒，按在胸口听了许久，点头向花奴道："真是大幸得很，不曾伤及肺部。"

花奴忙道："这伤要不要紧呢？"

医生道："伤势虽然颇重，幸亏衣服穿得多，所以创口只有二寸许。"说时，遂把药水棉花用药水浸湿，把他血渍慢慢拭去，又敷上药粉，一面又给他配上一瓶药水，先给拜云喝了一杯。花奴见拜云脸白似纸，嘴唇也淡无血色，心里是提着万分抱歉，那两眶子的热泪便扑簌簌地滚下来。拜云见她满颊是泪，好像着雨海棠，倒反而安慰她道："你不用伤心，这是一些皮伤，不妨事的。"

那医生把花奴衣角一扯，两人走到外间，问花奴道："这位女士贵姓？这个男子是你什么人？他怎样受伤的？"

花奴听了，支吾一会儿道："我姓黄，他是我的朋友，叫陶拜云。早晨我在马路遇见四五个流氓意图行凶，幸亏我的朋友来解围。不料这些流氓不知自耻，反将我朋友刺伤。医生，他的伤究竟要紧吗？你尊姓啦？"

医生道："敝人姓刘，是这儿院长。陶先生的伤势不轻，和肺部只差了一点儿，真是危险得很。"

花奴听到这里，眼泪又淌下道："刘院长，总要你想法救一救呀。"

刘院长道："这个你放心，我自当竭力。且瞧过上午他的热度是否增加，倘然不增加，那就不妨了。黄小姐，陶先生的家里可是在上海？你要不去通知一声，这儿自有电话。"

花奴一想，我是不知他住在哪里，这如何是好呢？因眸珠一转道："谢谢你，待我去问他一声。"说着，便又回身走进里面。只见拜云已全换了医院中的白色衣服，躺在床上，见了花奴便招手道："你过来。"

花奴走近床边，柔声问道："你现在到底有痛吗？陶先生，我真对你不起。"

拜云道："今天我很高兴地拿了很多书来给你，不料竟横遭着这件祸事。幸亏不是个致命伤，你放心吧。"

花奴因为医生说热度如果厉害便是危险，所以一时忘了情，便伸手向他额间去摸，待省悟时，可是自己五指已按在他的额上了，要想缩因时再也来不及，不觉通红着脸，嗳嚅着道："陶先生，你别

35

的没有感到什么吧？"

拜云正想回答，忽然触着伤口，一时痛得蹙了双眉，把满脸涨得血一般红。

第六回

病榻依依情深难割舍
芳心可可底事费疑猜

花奴吃了一惊道："怎么啦？"

拜云道："没有什么，触痛了伤口。"

花奴道："你躺下来吧，这样不吃力吗？"说着，遂轻轻地扶他躺下。

拜云道："你怎么被他们胡闹的呢？"

花奴眼皮儿一红，纤手拈着自己衣角，叹口气道："这还用说吗？社会上没有知识的人太多了，因此无法无天，全都作恶多端。我总觉太抱歉了，我不该叫你救我，现在倒累你受了这样的伤，叫我怎么对得住你的爸妈呢？"

拜云忙道："你别说这些话，人类应有互助的义务，假使你不喊我，而且被欺侮的人不是你，那我也得出来管这事。倒是你的花篮子丢了吗？"

花奴柔声道："陶先生，你还顾我这东西呢，你自己的书籍也全遗落在那边了。"

拜云道："我这书不要紧，因为待我好后，立刻就可以去重买新的，只是你一篮子的花，今天不是要做买卖吗？而且你的妈还等你回家做饭呢。"

花奴见他虽受重伤，却仍细心地顾虑着我，一时心中感激得不知如何是好，那一眶子热泪早又滚了下来。拜云在枕下抽出一只皮夹，拣了一张五元钞票，放在床边，向她又招着手，轻轻地说道："月儿，你这钱带着先拿回家去。我的伤势是绝无妨碍的。"

花奴抽噎着道："叫我怎能忍心离开你呢？"

拜云道："那么你下午再来望我好了。"说着，把钞票递着，一面拉过她手，一面塞在她的纤掌里。

花奴道："我也不说什么客气话，我心里记着你是了。"花奴说出这话，一时又红起脸来，愈想愈不好意思，愈是不好意思，就愈抬不起头来。

拜云见她如此不胜娇媚的情态，心里感觉愈加爱怜，因说道："月儿，你给我代打一个电话好吗？"

花奴抬头道："你说吧，哪里有不肯的道理？"

拜云道："给我打到黄江女子中学去，叫江寄萍立刻到这儿来。她是我的表妹，我现在也住在她的家里。"

花奴听了，答应一声，便匆匆地出去。不多一会儿，仍又进来道："陶先生，我已打去了，她说立刻就来。"

拜云点头，见花奴依然不走，因道："你回去吧，下午如果没有空，你明儿来也不要紧。我还有许多话要跟你说……明儿再说吧。"

花奴听他这样说着，她原是聪敏的人，自然也理会了他的意思，轻轻叹口气，凝视了拜云一会儿，忽然又走近床边来。拜云伸手将她握住，两人望了良久良久，花奴的眼角边又涌上了一颗晶莹的泪珠。

拜云道："你别难受，我知道你的心。月儿，你的境遇太可怜，我同情你，我……"说到这里，声音很是低沉。

花奴没有回答什么，她自己也不知为了什么，那眼里的泪水只是簌簌地滚到颊上来，默默地花奴终于离开了床前，离开了病房。

拜云眼瞧着她娇小俏丽的身影在眼帘下消逝，不觉也滴下一点同情的热泪，拿出手帕拭去了泪，微闭着眼，默默地想：今天的事真太凑巧，似乎老天也有意要给我们做进一步的介绍。她的泪没有停止过，她只是凝视着我，欲语还停的神气。我知道她内心一定是非常感激，并且还带有抱歉，但是……

想到这里，忽然一阵急促的"云哥……云哥……"的呼声，震碎了四周的静寂。拜云连忙睁眼一瞧，只见房外奔进一个女子，脸色慌张，正是江寄萍。拜云忙叫道："萍妹，萍妹。"寄萍早已走近床边，伏在被褥上，急得要掉下泪来道："云哥，你到底怎么受伤的呀？要不要紧？"

拜云握着她手，微笑道："你别急，这伤是不要紧的。"

寄萍把颊儿偎着拜云，真的流起泪来道："早晨不是很好和我一同走吗？偏要先走一步，现在闯下这个乱子，叫姑妈和妈知道了，不晓得又在急得怎么样呢！"

拜云道："我先走一步，可是樱儿说的？"

寄萍点头道："你到底怎么被人刺伤的？"

拜云因把早晨受伤的事说一遍。寄萍听到流氓拿小刀刺过来时，急得极叫起来，一面一定又要瞧他胸口的伤口。拜云恐她瞧了伤心，所以不肯，道："萍妹你不用瞧的，总之这伤是不要紧的。"

寄萍道："我不是说云哥，你总太节俭了。每天到学校就该坐车子，为什么要步行呢？假使你坐在车中的话，这种不幸的事哪里还会发生呢？"

拜云道："妹妹说得是，下次我一定听你话这样做了。"

寄萍道："我这时想回家去告诉姑妈和妈妈。"

拜云忙摇手道："不用，不用。她老人家知道了，不是要急得受不住吗？"

寄萍用手背揉拭着脸上的泪水，乌圆的眸子一转道："你这能瞒得了吗？她们早晚总要知道的，而且知道了也总要来瞧你的。回头天晚了，反而不便。"

拜云道："那么你也不用这时就去，而且告诉她们时候，要说受了一些微伤，不然把几位老人家可要吓坏了。"

寄萍道："这个我自然理会得。"说着，便在床边坐下，望了他一会儿，又道，"刚才我在学校里，接到这个电话，真要急得哭起来，连忙告了假，坐车到这里。一直到现在我的心还忐忑地跳得厉害。"

拜云把她手又柔和地抚了一会儿，说道："可不是？我知道妹妹一定要急得了不得。我真对你不起，又叫你告假累忙。"

寄萍瞅着他道："云哥，你怎么说这话？我当时心里只是祈祷着，但愿云哥平安无事，就是我一辈子不读书，那又有什么要紧呢？"

拜云听了这话，心里真有说不出的滋味，因情不自禁将她手放在鼻上闻着。

寄萍忽又问道："你的课本书籍呢？"

拜云道："都遗落在路上了。"

寄萍道："我明天替你去配。云哥，你现在可以喝药水了吗？要不我来给你倒？"

拜云一瞧手表，已过一点半钟，因道："他们看护自会来给我喝的。"

寄萍道："那么就我们自己来也不要紧。"因站起身来，亲自给他和上了温开水，服侍拜云喝下。

拜云道："妹妹，我想着了一件事，你替我向校中去告一声假好吗？"

寄萍道："可以，这时我就替你去好了。"

拜云笑道："你不用亲自去的，只要打个电话，叫教务主任来听，就和他说一声好了。"

寄萍答应，便走到电话间，拨了号码，那边就有人问道："找谁？"

寄萍道："教务主任王先生。"

那边道："敝人正是，您是谁呀？"

40

寄萍道："学生陶拜云，今天早晨到校来，在路上被流氓刺伤，所以要请假数天。"

那边"啊"了一声道："什么？拜云被人刺伤吗？现在哪里？"

寄萍道："在宝隆医院。"

说着，便即挂断，走到病室，向拜云道："我已替你告了假，现在我回家去了。"

拜云道："好的，你见了我妈，千万要好好地说，不可以说我伤得厉害的。"

寄萍道："我知道的，你放心是了。"说着，便即匆匆回家。

大约隔不了一个钟点，医院门口就开来一辆汽车，里面跳下一个少女，扶下两个老妇人，脸色苍白，急急地到拜云的病房里来。拜云见了，连忙叫声妈妈、舅妈，陶老太颤抖着叫道："云儿，你……怎么会受伤了呀？"说时，已坐到床边来，枯黄的手抚摸着拜云的头发，眼皮已红了。

拜云忙道："妈妈，你别难过，我这伤是绝无妨碍的。舅妈，你老人家怎么也来了？快请坐吧。"

江太太道："这些流氓竟如此行凶，真是可恶极了。但云儿你也太喜欢管闲事，你要知道上海的地方，真是万恶的场所。现在你伤究竟怎样了？"

拜云道："舅妈说得是，这是甥儿一时瞧了气不过，所以去劝解他们。原是好好的话，不料这等流氓不知自耻，反挥拳行凶，世界上人真也太野蛮太不讲理了。"

寄萍道："云哥，你空着两手，想和人家讲公理吗？这你似乎太不明白了。现在世界是什么世界，你要和人家讲公理，非得一手先握起枪来不可。先有了武力，那方才有公理呢。"

拜云听了寄萍的话，觉大有深意，一时心中无限感触，不禁长叹了一口气。

正在这时候，忽见门外又走来一个女郎，云发卷曲，柳眉杏眼，两颊胭脂涂得通红，身穿乔其绒旗袍，外罩时式大衣，脚踏高跟革履，白麂皮手套，握着一束鲜花，见了众人，先是一怔。寄萍见了她，也是一呆，以为她找错了房间，正欲上前询问，忽听拜云叫起来道："啊呀，密司韩，真对你不起，快请坐。"

倩倩听了，方知自己不曾走错，因姗姗走近床边来，娇声道："密司脱陶，你伤在哪里呀？不知可要紧吗？"

拜云道："谅不妨事，倒叫你来看望，感谢得很。"

倩倩嫣然一笑道："你别太客气了。"说着，把手中一束鲜花插在桌上的花瓶里。

拜云见妈妈和舅妈、萍妹三人都呆呆怔着，因介绍道："这位密司韩倩倩，是我校中的同学，为人是十分热心。"说着，又向倩倩对三人介绍道，"这是我的妈妈，这是我的舅妈，这是我的表妹江寄萍。"

倩倩忙向江老太、陶老太鞠了一个躬，口叫老伯母。陶老太、江老太因站起把手一摆道："韩小姐请坐吧。"

这时寄萍早奔到倩倩面前，伸手和她握了一阵，笑道："请坐，请坐。密司韩和我表哥可是一班的？"

倩倩笑道："正是。"说着便在椅上坐下。

寄萍又给她斟上一杯茶，倩倩忙道谢。寄萍笑道："别客气，表哥的受伤，密司韩怎么知道的？"

倩倩道："上午你们打电话给校里请假，我齐巧也在教务室，听了这个消息，倒吃了一惊。因为彼此都是要好同学，所以来望望他。"

拜云道："真对不起得很，密司韩，你大衣脱一脱吧。"

倩倩道："不用了，我就要走的。"

拜云一瞧手表，已是十二点钟，因道："你这时不是从校里来的吗？想来午饭还不曾吃过。我们这儿喊一些菜吃一口怎样？"

陶老太也道："已经是吃饭时候，韩小姐就别客气了。"

倩倩想在这儿吃饭到底不好意思，因站起道："谢谢伯母，我还有一些事，不能奉陪了。"说着把手套戴上，预备要走的模样。

拜云道："谢谢你，那么恕我不送了。"

倩倩道："说哪儿的话，我祝你早日痊愈。"说时，一面和两老太太作别。

寄萍笑道："我代表哥送密司韩一阵。"

倩倩回头笑道："密司江，你不要客气，请留步。"

寄萍把她手握住笑道："那么有闲请到舍间来玩玩，我是十分欢迎哩。"

倩倩道："改天一定来拜望你。"说着，两人握了一阵手，方始别去。

寄萍回到房里，向拜云笑道："云哥，这位密司韩是我们未来的表嫂吧？"

拜云笑道："你别胡说，同学们得知消息，来看望也是在情理之中，萍妹就瞎七搭八地取笑了。"

寄萍哧的一声笑道："怎么别的同学不来，偏偏她是个多情人？"

江老太笑道："萍儿这妮子痴了，你女孩儿家懂什么？就全嚷出来了。"

说得寄萍红晕了脸，在她妈怀中缠着不依道："妈妈，我不要，人家和表哥开玩笑，又要你来帮助他了？你瞧表哥多得意，尽管笑呢。"

陶老太道："萍儿，你别着急，我叫云儿不要笑。"

拜云笑道："妈，你这话难道叫我哭吗？"

寄萍向他扮个鬼脸，忍不住又哧哧笑起来。拜云因叫医院里开了三客饭，另外又添了几只小菜。午后刘院长又来诊视一次，说热度并未增加，幸亏陶先生身体素强，抵抗力甚好，谅不妨事。如果要回家休养也好，不过最好住在院中，等一星期后，那伤就能复原了。大家听了，心中方始放下一块大石。

拜云道："那么准定在这儿休养一星期，不过要请刘院长极力医治，能够早日痊愈，就使我感激不尽了。"

刘院长道："说什么话？我也知道病人的性最急，但是性急是没有用的，总要静心休养，那才会好。"说着，又给拜云换去了胸口的药粉。

寄萍站在旁边，见药水棉花上全渗了鲜红的血，心里别别地一跳。拜云挥手，叫寄萍不要瞧。寄萍眼皮红红的，只好退到江老太的身边去。刘院长换好了药粉，便和看护退出房去。

陶老太又走近来问道："云儿，你现在痛吗？"

拜云道："我是一些也没有痛，妈，你放心好了。刚才医生不是说，最多也不过一星期吗？"

陶老太道："可是晚上要茶要水怎么办？我想我陪你在这院中吧。"

拜云听了这话，觉得母爱的伟大真是超过了一切，忍不住含着一眶子眼泪道："妈，你不用担心，这儿自有看护会服侍的。"

寄萍奔上来道："姑妈，我瞧还是我和云哥做伴好了。"

拜云微笑道："萍妹明儿要读书，晚上自己要预备功课，怎能够来做伴？我想萍妹每天下午有空的话，就陪我来聊天，晚上是不用费心了。"

陶老太点头道："就是这样也好。云儿以后要好好的才是。"

拜云点头，江老太恐拜云乏力，叫他闭眼静睡养神，自己和陶老太、寄萍遂携手回家。

第七回

眷美于花乐门欣跳舞
客来不速背地伴知音

　　倩倩出了宝隆医院，一路回家，只见二姨秋心一个人正在吃饭，见了倩倩便笑问道："已一点钟了，你饭吃了没有？"

　　倩倩道："还没有吃过。"说着，脱了大衣手套，小翠忙来接过，拿进房去。倩倩移过一把椅子，便在秋心的对面坐下。小翠又盛上饭，秋心正用羹匙舀汤，瞥眼见倩倩又蛾紧锁，默不作声，因忍不住问道："干吗今天这样不高兴？"

　　倩倩拿着筷子，只管向碗内挑着饭粒，向小嘴上送，却不答应。

　　秋心笑道："我的好姑娘，敢是受人的委屈吗？怎么已这样迟了，还不曾用过饭？"

　　倩倩望她一眼道："昨天那个密司脱陶，今天忽然受了伤，现在躺在医院里呢。"

　　秋心把筷子放下，忙道："怎么？他怎么受的伤？"

　　倩倩道："我已经去瞧过他，他告诉我是被刺伤的。幸亏伤势并不要紧。"

　　秋心道："既然不要紧，你心中又何必不快活？"

　　倩倩道："你不知道，我瞧他的时候，齐巧他的表妹也在，我瞧他们神气，很是亲热。"

　　秋心这才知道她是在喝酸溜溜的醋，因忙又问道："你打量他表妹多大年纪了？"

倩倩道："瞧她模样大概十五六岁吧，可是话倒很会说。"

秋心哧地笑道："这你就多虑了。密司脱陶今年二十二岁，哪里会想一个十五六岁的孩子吗？"

倩倩道："你别说她小孩子，她是很懂事呢。"

秋心笑道："你这妮子，凭什么要痴心爱上了他？从前那个密司脱潘不是也风流美貌吗？你爱他什么呢？"

倩倩笑道："我爱他性情好，在我的手里，竟温柔得好像一头绵羊。"

秋心把纤指在颊上一划，向她扮个鬼脸，便哧哧笑道："密司脱潘还不温柔吗？他给你穿鞋……"

倩倩听到这里，把筷举起，做个要打的姿势。秋心把碗筷放下，早已笑着逃进房中去。倩倩因也匆匆吃完饭，到二姨房来梳洗，见秋心躺在沙发上吸烟，望着嘴里喷出的烟圈出神。倩倩便亭亭走近她身边，噗地笑道："二姨想什么？是不是爸爸不回来，你闹着饥荒吗？"

秋心呸了一声，便猛可把她拖入怀，向她胸前一阵乱摸道："你知道我心事，我不呵你痒？"

倩倩被她扰得痒酥酥的，弯着腰肢笑得透不过气来，一面讨饶，一面把粉脸向她怀里藏去。两人正在闹玩，见小翠匆匆进来道："倩小姐，有两个同学来拜望你。"

倩倩一听，不知是谁，便携着秋心的手，急急奔出。只见楼下来了两个少年，一个大胖子鲍寒村，还有一个笔挺西服、光滑头发的，正是刚才谈起的潘季玉。四人一见，便各摇手招呼。两人原是熟客，季玉匆匆上楼，大家握阵手，秋心笑道："密司脱潘，好久不来了。"

季玉道："我时时想来拜望，只是怕皇后见怪，所以总不敢冒昧前来。"

倩倩瞅他一眼，哧地笑了。秋心也咯咯笑道："这是哪儿的话？

46

咱们小姐天天想你来呢?"

季玉乐得耸着肩膀笑道:"这话果然真吗?"

倩倩道:"我们里面坐吧。"

四人因到倩倩房中,小翠送上香茗,大家胡乱说笑一会儿,寒村站起,秋心携他手笑道:"让他们秘密谈一会儿心,我们到隔壁去坐一会儿。"说着,便给他掩上了门。

季玉见房中只剩了两人,因走到倩倩坐的沙发上并肩坐下,搓了一下手,含笑道:"我的皇后,你现在怎么常不理睬我了?"

倩倩回头笑道:"你叫我怎么理睬你呀?"

季玉道:"我自从和你结交朋友以来,多承你瞧得起我,时时和你在一起。我是处处地小心侍奉,我心里的爱你,比爱我自己性命还厉害。但是自从校中来了这个陶小子,你爱我的心就变了。今天我听说他受了伤,不知能够死吗?"

倩倩扑哧笑道:"你的心眼儿倒好,怎么在无故地咒骂人家?"

季玉道:"他是我的情敌呀!他如果不死,我就要失败,我所以要他快死,实在是真心地爱你。我的倩小姐,你如不信,我情愿挖出心来给你瞧瞧。"说到这里,便双膝跪在倩倩的面前。

倩倩笑道:"你这算什么样儿?"

季玉道:"要你答应我。"

倩倩道:"叫我答应什么?你说出来我好知道。"

季玉道:"请你永远地爱我,我愿终身做小姐的仆役。"

倩倩把纤指向他额上一指道:"傻子,我嘴里答应你有什么用?心里不爱你,你怎么办呢?"

季玉道:"我是要你心里答应呀。"

倩倩笑道:"快起来吧,别说这些废话。我们要求实在,享现在的快乐,我们来舞一会儿再说。"

季玉笑道:"你真心能爱我吗?"

倩倩道:"你且别管,我这时心里爱你,你就是我的情人。"

季玉一听，乐得心花怒放，连忙站起，将倩倩一把抱住，接了一个甜蜜的吻。一面开了收音机，两人便在室中欢舞起来。

不说两人狂欢，当时林秋心拖了寒村到自己的房中，一面关上门，一面叫他同在长沙发上坐下。寒村见她这种举动，心中好生惊讶，忍不住笑问道："密司林，你这是什么意思呀？"

秋心飞去了一个媚眼，哧哧笑道："他们秘密谈心，我们不能够吗？"

寒村笑道："我这样胖的身子，这样丑的脸，密司林难道也愿意和我谈心吗？"

秋心瞅着他，用手打他一下，趁势把身子倒入他的怀里，哧哧笑道："我就喜欢你这个大胖子。"

寒村被她这样一来，真的全身骨节都要酥起来，眯了双眼笑道："那么我们来谈些什么心呢？"

秋心笑道："你这傻子，真要笑痛了我的肚子。什么事全可以说，那还用讨论吗？我先问你，你爱我吗？"

寒村一怔道："这不对，我怎能爱同学的妈妈呢？"

秋心嗔道："我说你是个傻子。我虽然是倩倩的姨娘，但你瞧瞧我的年纪，不是和倩倩差不多吗？"

寒村笑道："你几岁了？"

秋心道："我老实告诉你，还只有二十四岁呢。"

寒村道："这样说来，你和我同庚。不知你几月几日生的？"

秋心笑道："三月初三。"

寒村哈哈笑道："我是三月初二，齐巧早你一天，这真奇怪了。"

秋心道："可不是？你就是我的哥哥了。哥哥妹妹谈爱情，是再正当也没有了。"

寒村道："不过我和倩倩的账怎么算呢？"

秋心笑道："傻子，谁叫你算账？你这人又胖又憨，我真正爱你呢。"说着，便扑上去将他脖子抱住，小嘴在他脸上喷喷地亲个不

48

住，害得大胖子心胸中忐忑像小鹿般地乱撞。秋心正在发狂似的向他接吻，两颊是热辣辣的通红，呼吸急促得连连哼着。忽然听得门外笃笃的两声，这一吓把寒村急出一身冷汗，连忙推开秋心。秋心也吃了一惊，忙向门外问道："谁呀？"

只听是小翠的声音道："小姐叫你们一同到百乐门跳茶舞去。"

两人因忙开门出去，只见倩倩在前，季玉给她拿着大衣在后，正从房中出来。四人一见，都觉两颊绯红，大家微微一笑，小翠已把秋心大衣送来，寒村也忙接了，各替她们穿上，方才自己也披了大衣。这时阿三汽车早已侍候，四人遂拥上汽车，向酒绿灯红的人间快活宫逍遥去了。

黄昏的时候，春天的阳光是淡淡地向西斜了下去。室中是静悄悄的，一无声息，只有窗外一阵风过，把院子里的树叶都摇得沙沙地作响。这时就瞧见室中床上躺着一个少年，两眼瞧着白漆的天花板，呆呆地出神。这个少年就是陶拜云，拜云待江老太、江寄萍和陶老太走后，便静静地睡了一会儿，直到这时才醒来。

拜云正在出神，忽听乒乓一声，从门外走进来一个人，脚步是十分细微。拜云想是看护来给自己喝药水，谁知等她走近床边一瞧，却并不是看护，原来是黄花奴。只见她身上已换了一套阴丹士林布的棉袄裤，纤尘不染，碧蓝一色，十分清洁，想来还是新做的。一头的乌发，梳得光溜溜。脸颊上似乎还涂了薄薄一层胭脂，更显得白是白、红是红，娇艳无比。手中拿了一个纸包，亭亭地站着。拜云"咦"了一声，不觉叫道："月儿，你怎么这时会来呀？"

花奴见他并未睡熟，因微微一笑，把手中的纸包放在桌上，一面坐在床边的椅上，向拜云柔声问道："陶先生，你伤现在可大好了？"

拜云道："好多了，我原说不要紧的。你这时来，家中谁做饭呢？"

花奴道："我都给妈舒齐了，才到这儿来的。陶先生，你这次的伤我真万分地抱歉。"

拜云道："这些事你不用放在心上。我不是早向你说，人类应有互助的义务吗？"

花奴柔顺的眼光呆呆地望着拜云，心中真有说不出的感激。两人静默了一会儿，花奴道："陶先生，你药水喝吗？"

拜云略点了一下头，花奴因倒了一格，和了温开水，亲自端给拜云。拜云接过喝下，等还杯子给她时候，便把她的纤手握住了。花奴并不躲缩，只是低垂着头。拜云道："月儿，你坐下，我有话跟你说。"

花奴便在床边坐下，拜云轻轻地抚着她手，望着她低垂的粉颊，低声道："社会太万恶了，月儿，一辈子卖花，总不是个事儿吧？"

花奴一听这话，便抬头秋水盈盈地望他一眼，微叹着气道："生活的驱使，不得不这样做呀。"

拜云道："我愿意帮你一些忙，不知你乐意吗？"

花奴眸珠一转，微笑道："陶先生，你这话叫我回答什么好呢？你这样一片好心，我哪儿还不有乐意吗？"

拜云点头道："等我的伤痊愈了后，我再和你说吧。"

花奴点头，把眉儿一扬，颊上的酒窝掀起来，笑道："陶先生，我今夜不回去了。"

拜云忙道："不回去干吗？你妈不是要焦急吗？"

花奴摇头道："不会的，我和妈说过了。妈说世间有这样好人，真是难得，人家为了你受伤，你该服侍人家去才对。"

拜云笑起来道："这儿自有看护服侍，我哪里敢叫你来服侍呢？"

花奴道："不是这样说。一则看护顾不到这许多，假使你要茶了，偏偏他们不在房中，假使你饿了，喊他们要点心，他们又不答应，那时你不要感到失望吗？二则病人是最怕寂寞，寂寞的时候，就容易东思西想，这样是很伤精神的。假使有人一同聊天一会儿，那就不会伤神了。"

拜云见她这样体贴自己，觉得这几句话真是越听越爱听，越听越有味，因微笑道："你这话说得真不错，但是我又怎好意思叫你服侍？"

花奴嫣然一笑道："你不要客气，只怕我粗手粗脚不会服侍。"

拜云笑道："你真会说话，我讲不过你。这也奇怪，不知怎的，我一见到了你，心里就会快乐起来。"

花奴扑哧一笑道："你这话可真吗？"

拜云道："我骗你干吗？不但我心里就觉得快乐，连伤处也一些不痛了。"

花奴俏眼瞟他一瞟，小嘴撇着道："这个我不信，我不是医生，哪里就会医好你的创伤呢？"

拜云笑道："不信也由你，只要我的确是真的好了。"

花奴忍不住哧哧笑了。拜云望她一会儿，又问道："月儿，你穿这些衣服冷吗？不会做件长旗袍穿？"

花奴道："说起来叫人痛心。六月间逃到上海，身上只有一件单衣服，这些都是现做的。我原也想做旗袍，便是要往街上去做买卖，穿了旗袍算个什么样儿？"

拜云道："你既受过中学教育，那么为什么不在报上瞧着，到招考职员的公司里去投考？"

花奴叹口气道："这个我早去尝试过了。报上的招考完全是骗局，实在是陷落男女青年的地狱。比方报上明明登着招考高尚女职员，等你去应考的时候，就会使你难堪愤怒，大失所望。他们所谓的高尚女职员，原来就是舞女、向导员、按摩女子这一类职业。陶先生，你想，假使拿出女人狐媚的手段，来供给男子的玩弄，这样所得的代价，不还是我卖花好得多吗？"

拜云听了这话，把她手连连摇撼一阵，心中敬佩得了不得，不住地点头，一面又道："现在我要你卖花的职业也抛了可好？"

花奴道："一个女孩儿家，本来在街上抛头露脸是被人家看轻的，但是为了生活，也是出于不得已的呀。"

拜云道："既然这样，凭着我的力量，我愿意担负你娘俩儿的生活。"

花奴突然把手反握紧了拜云的手，脸上显出惊喜的模样，叫道："陶先生，你这话真吗？你骗我，你骗我。"

拜云见她乌圆眸珠在长睫毛里转着，两颊的笑窝一直没有平复过。想不到自己这样一句话，竟会引起她这样的兴奋，一时拜云便也忍不住对她呆住了。

第八回

人儿比月清圆祈永抱
倩影当前缱绻两难忘

拜云正色道："什么都可以开玩笑，这能够诳你吗？"

花奴见他这样认真，谅来是绝不会骗我的，一时心中不知感激得怎样才好，竟反而呆呆地怔住了。

拜云道："从明儿起，你准定再也不要卖花了。"

花奴这时忽然淌下一滴泪来，拜云奇怪道："怎么啦？你哭了。"

花奴忙把手背在眼皮下一揉，噗地笑道："我高兴还来不及，我哭干吗？"

拜云笑道："这样说，我可诳你了。"

花奴听了这话，把雪白的银齿微咬着红润的嘴唇，只望着他憨憨地傻笑。这时看护拿着一盘饭菜进来，又替他们开了电灯，问陶先生可吃得下。拜云道："谢谢你，请你再添一客来可好？"

看护答应自去，一会儿又添上一客饭菜，两人吃过，花奴便又坐在床边伴他闲谈。拜云道："月儿，你今晚真的不回家吗？"

花奴嫣然笑道："我也不会骗陶先生的呀，自然不回去了。"

拜云握着她手笑道："现在我们可熟悉多了吧？你再不会像以前那样怕羞了。"

花奴微红着脸，瞟他一眼，便又回过头去。

拜云笑道："怎么不回过脸儿来？才好好说话，你怎的又怕羞了？"

花奴这就更觉不好意思，背着拜云，哧哧地笑。拜云见她把肩儿微微耸着，身子还微微地颤抖，可见她是笑得这一份有劲儿，因在床上靠起，扳着她的肩，笑道："我和你说话呀。"

花奴这才回转身子，蟓首却低垂在他的胸前，一会儿又抬头道："你不乏力吗？"

拜云把手遮着眼笑道："我真高兴极了，哪里会乏力？只是我有些怕灯光。"

花奴道："那么我给你熄了灯光吧。"说着，便站起关了电灯。

这时窗外便射进一片清光，原来今夜月色如画，照在室中，把一切用具隐隐约约地显现出来。拜云叫道："你快来呀，瞧今夜月色多好。"

花奴听了，便又走近床边，只见对过的玻璃窗外，天空中悬着一个光圆的月亮，对准着床前照射进来，院子中的树枝叶儿，被清辉的月光反映，雪白的壁上便显出一瓣瓣的黑影子。大概是被风吹动的关系，那黑影子也微微地摇摆，倒颇含有诗情画意。

拜云握着她的纤手，望着她又指着窗外笑道："月儿呀，你的脸是圆得那么可爱，你的光是那么皎洁，你的性情是那么柔软，月儿呀，你好像是我的一盏明灯，照耀在我的前程。"

花奴听到这里，眼儿向他睃着，啐他一口，不觉又哧哧笑起来。拜云见她乌圆眸珠在长睫毛里转着，眉儿一扬，颊上的酒窝儿便深深地印着，月光照在她的粉脸上，本来已是涂着胭脂，这样就更显得娇艳白嫩，玉雪可爱。拜云情不自禁，用手抬起她的娇靥，花奴并不躲避，只对着他微笑。拜云略低下头去，便在她殷红的嘴唇上吻住了。良久，拜云抬起了头，花奴秋波盈盈地望他一眼，不觉又低垂下头。

拜云轻轻地抚着她手，低声笑道："月儿，你放心，我的心眼儿不坏。"

花奴道："我第一次瞧见陶先生，就觉得您这人很好。"说到

"好"字的时候，声音是细微得差不多听不见。

拜云快乐得耸着肩膀道："真的吗?"

花奴不语，只咪地一笑。

拜云道："月儿，我要求你一件事，你能答应我吗?"

花奴听了这话，便凝视着他道："什么事? 陶先生，你说吧。"

拜云道："就是要求你再不要叫我陶先生了呀。"

花奴咪的一声道："那么要我叫你什么呢?"

拜云道："不知我有没有资格做你的……要不你就叫我一声名字得了。"

花奴微笑道："叫名字怎么敢? 你道你有没有资格做我的什么呀?"

拜云本来不好意思说，见她问着自己，因附耳向她低声道："照年龄我是你的哥哥，但是你不愿有这样的一个哥哥吧?"

花奴低头轻声道："你这话不是太客气了吗? 承你瞧得起我，我是一万分的感激。倒是我这样的女子，不配做你的妹妹。"

拜云听了这话，一时兴奋得跳起来，哈哈地狂笑。花奴见他突然这样举动，心里倒是一怔，忙问道："你怎么啦?"

拜云握着她手笑道："我心里实在太快乐。"

花奴道："你不乏力吗? 你忘记自己是个有伤的人了。"

拜云道："我一些也不倦，我的伤完全被你医好了。"

花奴瞅了一眼，忍不住又咪咪地笑。

天空中的月儿渐渐地向西移，室中慢慢地浸入了黑暗。花奴仍扭亮了电灯，纤手按着嘴上打呵欠。拜云叫道："月妹，我的肚子倒有些饿了，请你代叫声看护吧。"

花奴笑道："不用叫他们，我早替云哥预备好了。"

拜云听她果然叫自己哥哥，一时真快乐得难以形容。只见她走到桌旁，透开她刚才带来的纸包，原来里面是一罐牛奶和一只奶油面包。她把小刀放在面包上面，一片一片地切着，叠在盆子里面。

又把牛奶罐开个洞，倒在玻璃杯中，将热水瓶的塞子拿下，和了开水，拿只白铜羹匙，向里面掬了掬。拜云见她做事不但敏捷，且处处举动在无意中都显露出可爱。花奴端着面包牛奶，笑盈盈地走近床边，笑道："云哥，你既肚饿，就请用些吧。"

拜云笑道："你自己不吃些吗？"

花奴在床过坐下道："我就陪你吃片面包。"

拜云拿起杯子喝了一口，一面又递到花奴口边，说道："你单吃面包，嘴里不干吗？快喝一口。"

花奴不好意思推却他，只得就在他手上喝了一口。拜云喝到第二口时，忽笑道："月妹，这杯中怎么这样香呀？"

花奴凑过头去一闻，怔着道："没有吧？哪里有香？"花奴说到此，忽然会意过来了，便红着脸，瞟他一眼道，"云哥，你真不是个好人。"说毕，哧哧一笑，便逃到面汤台那面去。

等拜云喝完牛奶，花奴已拧了手巾来。这时壁上当当已敲了十二下，花奴道："时候不早，云哥，你快睡吧。"

拜云道："你呢？"

花奴手背揉着眼皮道："我也睡了，这沙发上不是很好吗？"

拜云道："沙发上没有被，受了寒不是玩的。我瞧你就在我脚后头睡吧。"

花奴微咬着嘴唇，脚尖在地上画着圈子，沉思了一会儿，却默默地不语。

拜云笑道："你打算站一夜吗？"

花奴眸珠一转，笑道："那么我就和衣躺一会儿吧。"

拜云把自己身子扔进床的一旁，留出半张床的地位。花奴羞人答答地跳上床来，脱了鞋子。拜云见她穿着一双湖色的纱袜，瘦怯怯的，不大不小，惹人怜爱。她两手理着云发，又打个呵欠，便把身子慢慢躺下来。拜云拖出一半被，轻轻替她盖上，向她说声晚安，便背着她，脸朝着里静静地睡去。

人生的聚合本来是偶然的，但是在偶然之中却往往也会变成固然。拜云自见了花奴，脑海里就印上了一个影像，因此就闹出了今天的受伤。拜云做梦也想不到，今夜会和一个卖花的姑娘睡在一床，只为了一夜的勾留，两人一缕情丝，就牢牢地缚住，因此又引出下面曲曲折折的故事来。

一线曙光使黑漫漫的长夜破晓，东方的朝阳已向地平线上升起。阳光暖和和地从玻璃窗外射进房里来，是包含着无限的春意。拜云靠在床栏上，眼瞧着睡在一旁的花奴，脸上现出一丝微笑。正在静悄悄的时候，忽闻花奴"嘤"了一声，纤手向两眼揉了揉，便从床上坐起，两臂向上一伸，打个呵欠。见拜云已经醒来，便"咦"了一声，笑道："你多早晚醒来，我这人真好睡，昨晚被我挤得不舒服吧？"

拜云微笑道："我醒来也只有一会儿。"

花奴跳下床来，穿了鞋，又整理一下云发，把热水瓶的水倒在盆内，给拜云洗脸，然后自己也洗了脸。拜云见她虽没施粉涂脂，但是她那张脸蛋生成是雪白粉嫩，真好像吹弹得破，因忙叫道："月儿，月儿，你过来。"

花奴便走近来道："叫我干吗？"

拜云却不说话，望着她只是呆瞧。花奴倒被他瞧得不好意思，哧地笑道："你可不是痴了？我给你喝药水。"说时，早又回过去，把药水和了，服侍拜云喝下。

花奴道："你饿吗？"

拜云道："回头看护自会送点心的。"

花奴道："那么我回家瞧妈去，等会儿再来望你。"

拜云道："你也一同吃了点心去吧，时候还早呢。"

花奴道："我没有饿。"

拜云招手道："你过来，我跟你说话。"

花奴走近床边，拜云一手将她握住，一手在枕下又抽出一张五元票子，塞到她的手里，说道："你往后不用卖花了。"

花奴道："昨天你给我的还尽多着，你留着吧。"

拜云道："你不用客气，尽管拿了去。"

花奴只得收下，便别了拜云，一路回家来。刚走到霞飞路的时候，忽然迎面走来了两个西装少年，一个大胖子，一个和拜云差不多，手中都挟了书，边谈边走。因为花奴低了头，心里只管想着拜云待自己的好处，所以也不去顾到旁的。大家都不注意，三人竟撞了一下，把那少年手中的书都撞落一地。

原来这两个少年，一个是鲍寒村，一个正是潘季玉，两人昨天和倩倩、秋心在百乐门狂欢了一夜，心中十分快乐。这时两人匆匆地正到学校里去，一面还谈着昨夜得意的情形，不料竟和花奴相撞了下。当时季玉忙向花奴一瞧，暗想：倒是个挺好的模样。花奴红晕着脸，忙说声"对不起"，一面将书拾起，交还季玉。季玉呆呆瞧着她，一时也忘记了接她。倒是寒村哈哈笑道："不要紧。"一面代季玉接过。花奴低了头，便急忙匆匆地又走了，季玉却还呆呆地望着。

寒村拍他肩笑道："你这人痴了？一个乡下姑娘，也值得这样仔细瞧吗？我看你的灵魂差不多也要给她带去了。"

季玉回过头来，把大拇指一竖，说道："你不要说她是个乡下姑娘，要是给她好好一打扮，哼，真是个了不得呢。"

寒村笑道："你这人的心眼儿就不好，见一个爱一个，无怪密司韩要移爱到拜云身上去。"

季玉道："你别胡说，我也不过这样说说罢了。"

寒村道："现在趁着拜云在医院里，你快快一心地向倩倩进攻，不要再操别的野心了。昨夜倩倩对你不是仍旧很热情吗？这个机会是不能错过的。"

季玉笑道："这个我自理会得，你可不用代我操心。"

寒村哼了一声，笑道："这时又说得嘴硬，回头别人要是不理

58

你，你可又急得屁尿直流，来找老鲍商量了。"

季玉不觉笑起来道："别多嘴，我们快上校里去吧。"

两人到了校中，刚巧敲上课钟，倩倩却还没有到。季玉道："怎么她没有来？"

寒村道："她一定睡得忘了时间，今天一定迟到了。"

果然敲第二课钟的时候，方见她姗姗进教室来。季玉忙迎过去笑道："你怎么这样迟到？想来一定去看望拜云了。"

倩倩噗地笑道："我自己睡都不曾睡畅呢，哪里有工夫去瞧他？"

季玉笑道："今天我想再约你到扬子去，不知你能答应我吗？"

倩倩眸珠一转，笑道："很好，你午后仍到我家来好了。"

季玉听了，万分欢喜，一等放了学，季玉又向倩倩道："我两点左右来瞧你，你千万别失信。"倩倩点头，便各自分开。

倩倩暗想：今天我可叫你上个当哩。她却并不回家，一路地到宝隆医院来。走进病房，只见拜云正在吃饭，一见倩倩，便放下饭碗叫道："密司韩，你有没有用过饭？"

倩倩脱了大衣，一面走近床边，笑盈盈地问道："你的伤怎样了？"

拜云道："谢谢你，我已好多了。你从校中来吗？"

倩倩点头，拜云因忙叫看护向院内添客饭，一面又向倩倩道："真对不起你，叫你天天来望。"

倩倩含笑道："我是顺路的，你说这话就太客气。"

拜云见她柔情蜜意、无限娇媚的姿态，一时想起前日和她饮酒艳舞、拥抱接吻，心中不觉一动，脸上就微红起来。这时饭菜已来，拜云因道："这儿叫不出什么好菜，就马虎吃一口吧。"

倩倩噗地笑道："你还说这话，我好像不是来望你，是专门为了吃顿饭似的。"说得拜云也忍俊不禁。

两人饭毕，倩倩便倒了热水瓶水，拧手巾给拜云，拜云瞧她的动作，一时想起，心中就觉有种感触，所以倩倩拿了手巾递给他，他却一些儿也没有觉得，只管呆呆地瞧着她出神。倒把倩倩瞧得既不好意思，又奇怪起来，忍不住向他哧的一声笑出来。

第九回

活泼天真无形医醋女
风流浪漫巧计引游蜂

倩倩笑道:"咦,你怎么啦?尽瞧着我干吗?"

拜云听了这句话,方才恢复他原有的知觉,心想你不是花奴,我怎好意思叫你拧手巾?因"啊呀"一声,连连说道:"谢谢你,谢谢你。这可好了,密司韩,你自己先擦吧。"

倩倩把身子一扭,笑道:"你又来这一套,快洗吧,别冷了。"

拜云只得接过道:"倒叫客人来服侍主人,这真太笑话了。"说着,便擦了脸,双手交还倩倩道,"对不起得很,手巾要不换条新的,早晨萍妹刚替我拿来。"

倩倩嫣然笑道:"不用换,这条不也是一样的吗?"说着,便走到桌边,把头低下,用手巾在面部上整个地擦了一回,然后又拧了一把,擦干水渍,拿出黑漆皮夹里的粉盒,对着小圆镜,轻轻地拍着。

拜云瞧他洗脸的情形,心想:不知她本来是个胸无城府的人呢,还是表示她和我特别亲热?不管她怎样,她这样地对待自己,总使我感激的。

拜云这样地想着,倩倩早已梳妆完毕,走到床边坐下,向他微笑道:"密司脱陶,你这人一定有些不诚实。"

拜云听她突然说出这话,心中倒是一怔,因忙道:"你这话怎讲?难道我有什么欺骗你不成?"

倩倩道："并不是，因为你太客气，未免带些儿虚伪。虚伪就是假面具，戴假面具的人一定不诚实。"

拜云见她这样解释着，忍不住笑道："你这话未免太苛刻了，那么你叫我该怎样才是?"

倩倩道："第一不要太客气，不过话又得说回来，也许像我这样的人，还够不到和你交朋友。"

拜云忙道："这是哪儿的话，我可真要难为情死了。"

倩倩噗地笑道："那么我问你，你可要老实地答复我。"

拜云道："很好，你问吧。只要我知道的，是没有不回答你。"

倩倩把纤手向额间轻轻一敲，笑道："叫我先问什么好呢?"

拜云咯咯笑道："你问题还没想出吗? 不要太为难我呢。"

倩倩眸珠一转，笑道："我随便问一句，你的表妹密司江几岁了?"

拜云见她想了半天，却问出这句话来，忍不住好笑道："她吗? 年纪正小哩，还只有十五岁。"

倩倩道："她在哪儿读书?"

拜云道："在黄江女子中学。"

倩倩道："她很聪敏吧? 我瞧她很替你关心。"

拜云见她微咬着嘴唇，话中似乎带有些酸素作用，心想：难道你也真的爱我吗? 否则又何必要你问这些呢? 因笑道："萍妹她懂得什么? 她是一味的孩子气，我只把她当作小妹妹看待。"

倩倩听了，噗地一笑，秋波凝视着他不语。

拜云道："昨天萍妹见了你，她对我说，密司韩这人很好。"

倩倩听了，忙问道："这话可真吗?"

拜云道："谁骗你? 她还说……"说到这里，顿了顿，便憨憨地傻笑。

倩倩知道他一定又要取笑自己了，因捂着两耳笑道："你不要加作料吧，我可不愿听你这些话。"

两人正在说笑，忽见寄萍匆匆地奔进来，手里还挟着一包东西。拜云见了笑道："说起曹操，曹操便到。萍妹，你这时打从哪儿来？"

寄萍见倩倩坐在床边，因也不及回答，先向她招呼道："密司韩才来吗？"

倩倩忙站起握着她手，笑着点头道："不多一会儿，你在买什么东西？"

寄萍把手中纸包向桌上一放，又向拜云一努嘴道："云哥被人刺伤后，连书本子全都找不到了。今天我从学校出来，先回到家里，和我的妈妈说了，便到四马路去，把他书本全都配齐了。"

拜云忙道："哦，萍妹替我在配书吗？"

寄萍笑道："你昨天不是我和说过吗？一共配四本，大概不会错了。你要不要瞧瞧？"

拜云道："不用瞧了，回头你给我带转家去好了。"

寄萍没有回答他，自管向倩倩笑道："咦，你站着干吗？请坐吧。"

拜云笑道："不错，你们两位不妨谈谈，密司韩是很和气的。"

倩倩回眸一笑，便同寄萍坐在床前的沙发上。寄萍道："密司韩，香烟抽吗？"

倩倩道："我不会的，你别客气。"

寄萍道："我听表哥说，密司韩为人很是热心，代人家做事是没有不尽力的。我十分钦佩，很想和您结个朋友，不知您愿意吗？"

倩倩笑道："承蒙你瞧得起我，要和我做朋友，我是欢迎都来不及。但你说得我太好了，倒叫我有些难为情呢。"

寄萍哧哧一笑道："你难为情干吗？"

倩倩道："你给我戴灰篓子，我不难为情吗？"说得拜云也忍俊不禁。

寄萍笑道："密司韩，你现在既然欢迎我做朋友，但你日后可别怨。"

倩倩一怔道："这是什么话？"

寄萍道："我这个人别的没有什么，只是太喜欢缠人。学校里几个姐姐，每天总要说我一句淘气，那么将来我缠起你来，你不是也要说我淘气吗？"

倩倩一听，暗想：她真的是个一片天真的孩子气。因忍不住笑道："我最喜欢人家来缠我，那我还会来怨你吗？"

拜云插嘴笑道："这样说来，你们俩正是一对好朋友。"大家忍不住又咯咯笑起来。

倩倩在这里谈谈笑笑，把个潘季玉早已丢在脑后。季玉却一到两点钟就兴冲冲地到倩倩家里来赴约会。他一到韩公馆，便见她二姨娘迎出来笑道："密司脱潘，今天这个胖先生没有来吗？"

季玉道："密司脱鲍另有别的事，没有同来。密司韩在家吗？"

秋心眸珠一转，点头笑道："她在房中睡午觉，我伴你进去吧。"

季玉想，我也早知她在家里等我了，因跟了秋心走到倩倩的房中。秋心走到床前，假意笑叫道："这妮子真懒得不得了。倩倩，你的朋友来望你了。"说到此，忽"啊呀"道，"这妮子又到哪儿去了？"说着，便回头笑道，"你且坐会儿，也许她在浴缸里洗澡哩。"

季玉在沙发上坐下道："不要紧，密司林，你不用去催她。"

秋心笑着点头，一面便取了支烟卷，递给季玉，又给他燃了火。季玉连连道谢，秋心瞟了他一眼笑道："你这样客气干吗？"说着，便在他旁边坐下，又拍着他肩叫道，"密司脱潘，我问你一句话，你要老实地告诉我，那么我日后可以帮你一些忙。"

季玉忙道："密司林，你这话问得好不明白，我既不知你要问什么，而且我也没有什么事要求人家呀。"

秋心笑道："你是不是真心爱倩倩呀？"

季玉道："这个我可以发誓，是真心地爱她。"

秋心道："那么她是否有答应你的爱她呢？"

季玉顿了一顿道："这个我不敢说谎，她实在还没确实地答

64

应我。"

秋心道："你知道她为什么不答应你吗？"

季玉道："我没有知道，请密司林告诉我吧。"

秋心哧哧笑道："现在你可不是有事要求我了吗？"

季玉笑道："原是我说错了，你就告诉我吧。"

秋心道："她和你们校中还有一个姓陶的，不是很要好吗？"

季玉恍然道："对呀，这小子真可恶，倩倩她本来是很爱我的，后来被这个姓陶的不知怎么一引诱，她就慢慢地不睬我了。"

秋心笑道："不过昨天她对你不是仍很热情吗？你要是不管一切地追求她，最后的胜利也许是依旧你的所有。"

季玉听她这样说，灵机一动，便忙笑道："密司林，你能不能够帮我一些忙啊？要是我和密司韩成了，那我心中是多么感激你。"

秋心噗地一笑，望着他道："要我帮忙吗？也可以的。不过你得依我一件事。"

季玉道："你说吧，我如可以依得的，是绝没有不依你的。"

秋心睖他一眼，望着他哧哧地笑。季玉奇怪道："怎么不说出来？那叫我依你什么好呢？"

秋心道："我对你说，我要不帮你忙，如果答应帮你忙，就可以立刻见效。"

季玉一听这话，心里真是十分快乐，因忙向秋心一个劲鞠躬道："果然能够如此，我是绝不会忘记密司林恩惠的。"

秋心笑道："你现在且慢谢，我去一会儿就来。"说着，便立刻走到外面去。

不多一会儿，只见秋心手里拿着一瓶"为司克"进来，在桌上拿了一只高脚杯，满满地倒上一杯，背着季玉，在杯中又放下一包药粉，回头向季玉望来。只见他呆坐在沙发上出神，却并不注意。秋心暗暗喜欢，把杯子放在桌上，回身又把房门关上，便走近季玉身旁，向他低低说道："密司脱潘，你道倩倩她在哪里洗澡？就在后面的一间小房中呀。我告诉你，你且先把桌上的那杯酒喝了，助一助兴，壮一壮胆，等在外面，等我先进去劝她。你如果听见我在里面叫你一声，你便大胆前来行事好了。"

季玉听她想出这个法子，倒觉得有些难为情，因摇头道："这个不行，万一密司韩恼怒起来，这真不是玩的呢。"

秋心道："你也太胆小了，有什么事我一手包办。"

季玉搓手道："你的意思我原很感激，而且我也非常快乐。但是只怕她翻了脸，可怎么办？"

秋心道："由我好了。我老实告诉你，你如果不先下手，将来给姓陶的夺去，你可别气苦。"

季玉被她这样一说，便下了一个决心道："那么准定这样，可是一切还要你帮忙才好。"

秋心笑道："我理会得，你放心好了。"

说着，便把桌上的那杯酒拿起，向季玉嘴里一口倒下，一面向季玉笑道："我进去了，你听着我叫你吧。"季玉答应，便眼瞧着秋心向后面房间进去。

约过了三分钟后，季玉的身上就觉得有些异样，而且眼前模模糊糊地显出了许多美人的脸庞、奶峰、臀儿……一切女人所有的诱人肉感，好像都在面前陈列着。季玉两颊热得厉害，心头的跳跃好像小鹿般地乱撞。他嘴里是干燥得了不得，随手把桌上的一瓶"为司克"一口气咕嘟嘟地统统喝下肚子，一时那头脑便晕得天旋地转起来。正在这时，忽听秋心在里面叫道："密司脱潘，请进来吧。"

季玉一听，心中乐得不知所云，便跌跌撞撞走到门边，只见有一个小小按钥匙的孔洞，他便先用眼去张望，只见里面小小一间，灯光通明，地上四面全铺着白瓷砖块，一只白瓷的浴缸内，果然坐着一个雪白粉嫩的美人儿，背向着外，好似正在拿手巾洗着。待季玉走进浴室时，里面的灯光早又熄去了……

大约过了两个钟点那么久，只听乒乓一声，门开处只见季玉偎着秋心从浴室里走出来，两人的脸颊是热辣辣红红的。季玉微笑道："密司林，你的手段太厉害了，我终究上了你的当。"

秋心哧哧地一笑，瞟他一眼，又把手向他脸上拧着，娇嗔道："你这话怎么讲？究竟是我上你当，还是你上我当呀？"

季玉道："到底是你便宜拿去了。"

秋心道："你这人说话太奇怪了，我便宜什么？我好好在浴室里洗澡，你大胆闯进来欺侮我，我慈悲为怀，可怜你是个年轻人，不来责怪你，怎么反说我便宜？"

季玉笑道："你的嘴厉害，我哪里还说得过你？那么我既已什么都答应你，你也要帮助我成功的。"

秋心笑道："我帮助你也容易，但是你不能忘记我的呀！"

季玉道："我当然不忘记你，现在你也是我的爱人了。"

秋心道："没有这样容易，要有条件的。"

季玉道："什么条件？你说吧。"

秋心瞅着他笑道："每星期两次，你不能违约。"

季玉摇头道："最多一个月三次，否则我的小性命要交给你了。"

秋心嗔道："瞧你这样高的个子，原是不中用的。"

季玉笑道："我真的问你，密司韩今天没回来吗？"

秋心笑道："她午饭也没有回来吃。"

季玉道："哦，原来你存心要想捉住我，诳得我真像。"

秋心忍不住咯咯笑个不停。这时差不多已黄昏时分，室中已点了灯，秋心吩咐小翠到厨房做上四只下酒小菜，一面又拿瓶葡萄酒，说给季玉提神。两个正在喝酒，忽见倩倩咯咯进来，秋心一见，便站起笑道："密司脱潘等了你大半天，倒叫我来代替你做主人呢！"

季玉也笑道："密司韩，你这个当上得我真不小，你在哪儿呀？"

倩倩一面笑弯了腰，一面便在桌旁坐下，谎道："我在路上遇见一个旧同学密司张，她硬拖我到她家去玩，所以失约了。好在我有二姨做代表，你们也不寂寞呀。"

倩倩原是无心，两人听了有意，都忍不住脸现红晕，扑哧笑了。这里小翠又添上杯筷，三人谈笑喝酒。

　　那边病房中的拜云自送倩倩和寄萍回家，这时花奴亦已姗姗而来，两人细语喁喁，笑声莺莺，也正在一个郎情如水，一个妾意如绵哩。

第十回

惆怅前尘不堪重回首
曾经沧海感激至无言

一个星期日的下午，吕班路江公馆门口，站着年轻的男女两人，女的笑盈盈道："云哥，你才好了不多几天，身子还不曾十分复原，你要早些儿回来才是。"

原来这两人正是拜云和寄萍，拜云住院一个星期多，日夜承花奴殷殷服侍，因此对花奴的身世更起了一种爱怜的同情，在心坎上也就嵌着一个深刻的印象。趁着今天星期无事，就决意到花奴家去探望。可是他多情真挚的寄萍表妹因他才好了些，便向他殷殷叮咛了。拜云握着寄萍的手，感激地道："我自理会得，萍妹，你放心好了。"说时，跳上人力车，向右一指，那车夫就向前直拉。好在吕班路和蒲柏路原隔不了多远，不多一会儿，早已到了眼前。

拜云下车付了车资，找到淑贤坊，向十五号敲门进去。只见客堂里搭着铺板，旁边坐着几个男子，铺板上放着衣料，低着头一针上一针下地缝纫。天井里一个十三四岁拖鼻涕癞痢头的学徒，气呼呼地正在拉风箱拢熨斗，见了拜云，还道主客来催衣，站起身来，拉着袖子揩鼻涕，一面道："先生，拿衣服吗？师傅出去了。"

拜云忙摇头笑道："不是，不是，请问你这儿有没有姓黄的房客。"

那学徒想了一会儿，又去问裁衣匠。哪知那裁衣匠却是个借米聋，还是里面有个人听见了，便走出来问道："是找哪家呀？"

拜云见出来的是个五十左右的妇人，脸上虽是相当憔悴，却是显着慈和可亲。拜云暗想，这人大概就是花奴的妈了，因抢步上前，问道："这儿有没姓黄的?"

那妇人道："先生，你找哪个呀?"

拜云道："是黄花奴。"

那妇人"哦"了一声，又向拜云上下打量一回，笑道："你不就是陶先生吗?"

拜云想不会错了，因忙答道："在下正是，这位老太想是花奴的妈了?"

黄老太笑着忙让拜云到楼上坐，说月儿正在楼上没出去。原来她们住的是间亭子楼，当黄老太推开房门请拜云进门，却见花奴背坐在桌边，似乎在瞧什么书本。听见皮鞋的声音，她便站起回过身子，一见拜云，脸上顿时显出惊喜模样，两手扶着桌沿，"咦"了一声道："陶先生，你怎么会到我家里来呀?"

拜云没头没脑地给她问了这句话，倒是呆呆地怔住了。花奴也觉这话不对，因把一只破凳子用衣衫抹了一下，笑向拜云道："你快请坐。啊呀，屋子里脏得不成样儿。"

拜云坐下，花奴又忙着倒茶拿烟，因为自己家里娘儿俩都不吸烟，那烟卷当然是不曾备。花奴要想叫妈去买，拜云忙道："你别忙，要不我回头就走。"

花奴笑着道："你要不来，来了我就不让你走。"

拜云笑道："那么你不用客气，我烟是不抽的。"说着，拿起杯子喝口茶。

房中只有两只椅子，花奴也占去了一只，那黄老太是只好坐在床沿边。花奴抿了嘴尽微微笑，大家不说话，房中好像是特别静。黄老太这就开口道："陶先生，上次为了月儿的事，累得你受了伤，这真叫人心里不安。又蒙你屡次帮助我们，这叫咱娘儿俩不知怎样感激你才好。"

拜云望着花奴一眼，花奴也正在向自己瞧。拜云因道："老太太，这一些儿原算不了什么。现在人的心都是坏的多。那天月儿被人家包围着胡闹，我若不去帮忙，那也变成没有心肝的人了。"

黄老太叹口气道："真也料想不到我会要月儿到街头去卖花来养活我，世事的变迁原是不可捉摸的。这次炮火毁了我们的家乡，炮火下牺牲了她的爸爸和弟弟，唉，我黄家就这样完了。"

拜云道："这是一场莫大的浩劫，不知牺牲了多少人的性命，奔流了多少人的鲜血……"

花奴道："妈妈，你别伤心，遭劫的人正多着呢。但我们需要生存，不管环境多恶劣，我们必须艰苦地搏斗下去。"

拜云道："月儿这话对了。"

黄老太破涕笑道："人心不死，往后总有好的日子过的。陶先生是南京人吗？"

拜云道："是的，我也只有去年才到上海。"

黄老太道："你们老太太身体好吧？"拜云点头微笑。

黄老太和拜云谈了一会儿，便自站起身子往楼下去。

拜云望着花奴道："好多天不见，你出来玩过吗？"

花奴摇头道："一天到晚坐在家里，不是瞧一会儿书，就是干一会儿活儿。"

拜云道："今天我到你家来，觉得很不好意思。"

花奴咬着嘴唇，忙问道："这是什么话？"

拜云道："不是有些冒昧吗？"

花奴瞟他一眼道："欢迎都来不及。只是像鸽笼一间大的屋子，怕你下次就不喜欢来呢。"

拜云道："地方小是没有关系的，只要收拾得清洁就好。现在你瞧这屋子中，一些儿灰尘都没有，可见得你……"

花奴哧哧一笑道："可见得我怎么样？"

拜云笑道："被你一问，我的话又咽下肚去了。"

花奴哧哧地笑弯了腰。拜云道："你妈想着从前事，心里很难过吧？"

花奴听了，便停了笑，眼珠一转道："可不是？我妈的人是瘦得真可怜，我常劝妈想开些，可是她老人家总常常地叹气。但话又说回来，这也难怪她的。从前住得舒适，吃得好，穿得好，天天不用做事，四点一敲过，咱姐弟放学回来，妈总预备好点心，笑嘻嘻地一块儿吃，或是一块儿玩。现在爸爸弟弟都没了，立时又贫苦得这个样儿，这叫妈怎能不伤心？"

花奴说到这儿，眼皮儿一红，叹口气低着头，拜云也很替她难受。花奴抬头，手背揉着眼帘，回身把桌上一本照相簿拿来，向拜云道："你瞧我妈这时多胖。"

拜云听了，便站起来接过，两人并了肩看。翻开第一张，是十二寸大的照片，里面一座小洋房，四围一个花园，旁边一行秀娟的字，写的是"咱们家的全景"。翻开第二张，是一个五十左右的军装男子，两眼炯炯有神，嘴唇上留着一撮短须，军服上挂满着大小徽章，旁写"我的爸爸"。隔壁是张老妇人的照片，脸上堆满笑容，果然丰腴得很。花奴指着道："这是我妈，还是前年拍的照，一共也不到两年，妈好像换一个人了。"

拜云道："这是心病呀，要你妈再像这个样儿，除非能够恢复她原有的环境。"

花奴摇头叹道："也许今生是再不能够了。"

拜云望着她道："这也说不定。我们只要有个希望，将来也许还有这样一天。"

花奴听了，红晕着脸儿不语。拜云遂又翻过一页，这时虽没有电闪，只觉得眼前一亮。原来里面一个少女，身穿百蝶绉的旗袍，脚踏黑漆革履，两袖齐肩，那两条白胖的玉臂，真好像嫩藕一般，头上的云发好像水波浪那样卷曲，右边发儿正覆在眉毛的上面，两只滴溜圆的眼珠盈盈欲活，颊上笑窝深深地印着，嘴里微露出一排

72

雪白整齐牙齿，站在一棵柳树的底下，一手攀着柳丝。那窈窕的娇躯临风独立，笑意生春，这一副得意娇憨的美态，真叫任何人见了也觉可爱。拜云仔细一瞧，少女不是别人，正是站在自己身旁的黄花奴。因回头又向花奴望了一会儿，笑道："这照片是你吧？"

花奴露齿一笑，凝视着拜云点头道："想起从前的事，像做了一个梦。"

拜云道："现在要这样也不难。"

花奴却不理会，向拜云道："这张照片是爸爸亲自给我拍的，这我永远也不会忘记。"

拜云再看后面，是个十一二岁的孩子，身穿西服，容貌和花奴很像，这便是她的弟弟。花奴道："我弟弟如果在着，妈就不会这样伤心。云哥，你不知道，我的弟弟真聪明呢……往事是不能想起的，想起来什么事都使人伤心落泪。"说到这里，又低下头去擦眼睛。

拜云抽出一方帕儿给她，轻轻地道："月妹，过去的事别想了，我们要求现实。只要我们心眼儿好，将来总有幸福的日子。"

花奴微微抬头，两手按在他的肩上，柔和的双眸是含有无限温情和感激，凝视着拜云，眼眶里涌上一点泪来。

拜云替她拭去道："好好的，别伤心，我们家乡虽然被毁，但总有给我们恢复的一天。只要我们人在，就什么事都不怕。我们真要感谢上帝了。"

花奴听他这样一说，也不觉破涕为笑，纤手摸了会儿他西服上的纽扣，蠑首低垂在他的胸前。拜云见她柔顺得像一只驯服的绵羊，因伸手抚着她的头发不语，默默地温存一会儿，室中是包含着无限的春意。

正在这时，忽见黄老太推门进来，手中拿着一包东西，两人一见，慌忙离开了身子，各人脸颊上都盖上一层桃红。花奴眸珠一转，笑道："妈，你买了什么呀？"

黄老太微笑道："买些瓜子。陶先生坐着不恹气吗？"

拜云忙道："这可好了，又叫老太太费事。"

花奴向桌上抓起一把，交给拜云，瞟他一眼，嫣然笑道："不和你客气，就不用装盆，这样吃些得了。"

拜云放下照相簿，两手接过，只望她咻咻一笑，却不回答。三人在房中静静地嗑瓜子，拜云一瞧手表，已经三点左右，因向黄老太道："老太太，我想和月儿出去一趟，好吗？"

黄老太道："早些回来。"

花奴道："你叫我到哪儿去？"

拜云笑道："去散会儿步。"

花奴道："我这个样儿怎能和你一同出去？路上要是被你朋友瞧见了，不损了你吗？"

拜云听了这话，不高兴道："月儿，你这话不该。"

花奴咯咯一笑，便来挽着拜云手道："那么我们走吧。"

拜云见她这样天真，因便向黄老太作别出来。拜云笑道："刚才被你妈瞧见，真好难为情。"

花奴扑哧一笑，又瞟着他一眼，抿嘴笑着不语。拜云道："你同我出来，你妈会不会说话？"

花奴摇头道："不会的，妈说只许我和你一个人做朋友。"

拜云心中荡漾一下，笑道："这话可真吗？"

花奴道："我骗你干吗？"

两人说时，已到霞飞路，在一家汽车行坐了一辆车，叫开到南京路去。花奴奇怪道："你把我带到哪儿去？"

拜云笑道："你别问，回头就知道了。"

汽车在南京路永安公司停下，两人下车，拜云携着她到商场里。这时众人一见这一对服装差别的情侣，个个注意，向他们瞧了一眼。花奴颇觉不好意思，拜云却偏紧偎着她身子。两人先到绸缎部，拜云问她要什么料子什么颜色，自己挑拣。花奴方才明白他伴自己出来的原因，心里真感激得不知如何是好，因道："我不能太花费你的钱。"

拜云笑道："又不是你要求我，全是我自己情愿，你心里又何必不安？"说着，遂喊职员把时式的最新鲜的衣料取出。

花奴只拣了一件茶绿色和一件妃色软绸衣料，拜云道："你不要了吗？我再替你拣几件。"说着，遂又拣了一件湖色春波绉，一件桃红百蝶绉。

拜云再拣时，花奴阻住道："不要了，这些尽够。"

拜云遂又拣了粉红软缎裤料和黄老太衣料，一面又到鞋袜部买两双高跟鞋、两双平底鞋、一打丝袜，在内衣部又买了两件衬衣。凡女子应用的用品，都无不买到完备。

花奴道："算了吧，已经花费不少了。"

拜云道："你别忙，我们再到三楼去一趟。"

两人到了三楼，花奴见他陪自己到大衣部，定制了一件黑丝绒大衣和一件枣红呢大衣，样样舒齐，时候已经五点多钟。拜云道："我们二楼茶室去吃了饭再回家吧。"

两人到了茶室，便拣了一桌坐下，拜云叫侍者拿三元五菜的客饭，拜云拿了茶壶，替她筛了一杯。花奴心中暗暗盘算，今天一共要用到三百多元，心中既感激又觉自己不该，因轻声道："云哥，我总觉太对不起你了。"

拜云忙道："月妹，你别说这话。我量自己的能力，绝不对我有什么妨碍，那你总可放心了。"

花奴听了这话，感激得又淌下泪来。拜云却不理会，笑道："月妹，你们楼下是成衣铺，你回家就可去叫他们做了。那么再过数天，你不是可恢复了像照相上一样吗？我对你说，你明天自去烫了发，过几天我再来瞧你。"

花奴低了头没有回答，这时饭菜端来，两人匆匆用过，拜云遂又叫辆汽车，先送花奴到家里，再叫车夫开到江公馆去。

第十一回

穷且益坚彷徨悲局促
誓无二心生死愿同衾

　　这几天里拜云一心一意地替花奴买衣料啦，定大衣啦，预备把她恢复原有的环境，花奴的心中自然是万分地感激。这天她回到家里，黄老太见她手中大盒小盒地提了一大挈，因忙问道："月儿，你手中拿的什么东西呀？晚饭吃了没有？陶先生呢？"

　　花奴把一大挈物件放在床上，一面笑着道："妈妈，我们在外面吃过了。你吃过没有？"

　　黄老太在竹橱中端出两三碗小菜，又把洋风炉上的锅子取下，一面盛饭，一面说道："现在还只有六点敲过，我还道你回来吃饭，正等着你。"

　　花奴"哟"着道："那么妈妈一定肚饿了，你快些吃吧。"

　　花奴说着，把纸包盒儿打开，先取出一块铁灰缎子的料子和一块元色哔叽料子，递到黄老太的面前，跳着笑道："妈妈，我给你瞧好东西。"

　　黄老太端着碗正在吃饭，便回头过来，一见花奴手中拿着两块料子，又见床上摊满了鞋子袜子衬衣等许多东西，心里一怔，望着她道："月儿，这……这些东西都是陶先生买给你的吗？"

　　花奴含笑点头道："是的，妈妈，这件料子是他买给你的。"

　　黄老太听了这话，把手中的筷子和碗都放到桌上，却并不是伸手去接料子，把花奴纤手拉过来抚着道："月儿呀，你要知道，我们并不是生来贫穷的。这些东西，不但曾经看见过，而且也曾享受过的。但是你总太孩子气了，你心里以为高兴，我却觉十分痛心。人生在世，最要紧的是志高品洁，贫苦原没有什么关系，我们没有功于陶先生，怎可以受他这样的厚惠？况且他还是一个学生子，经济既没有收入，够得他这样花费吗？倘然被他妈知道，对他前途有不利的举动，那不成为是你害了他吗？"

花奴听了她妈这一番话，脸上顿时没有了笑容，两颊是涨得绯红，心里羞惭交迸，眼眶儿早湿润了。她把两块料子放在床上，投在妈的怀里，忍不住暗暗抽噎起来。黄老太枯黄的手抚着她乌亮的美发，轻声叹道："孩子，你别怪妈说了你，这是年轻人在社会上处世的道理呀。虽说陶先生是个诚实的少年，但人心是坏的多，偶一不慎，什么都是堕落青年男女的陷阱。"

花奴用手背拭着泪，抬头望着她妈道："妈妈，我没怪你说我。妈妈原说的不错，我总怪自己年轻太不懂事了。不过当时我曾经再三地拒绝他，他说你别为我担心，凭他自己的能力，绝不会对他有什么妨碍的。我见他说得这样恳切，便只好收受了。现在我听了妈的话，我是完全明白了。对于自己不利事小，害了他前程事大，我不愿一个有为的青年为了我而使他趋向堕落的途径。妈妈，我明儿决定全都还了他，让我们依然过着清苦的生活吧。"

黄老太默默地无语，她想着可怜的爱女，为了娘儿俩的生活，在寒风尖利下好像度着街头流浪生涯，回想起一向娇养惯的她，居然能够耐着这个苦。现在遇到了这个陶先生，他说要担负我们娘儿俩的生活，不要叫月儿再卖花，月儿这几天多高兴。现在我对她说了这话，因此又伤了她的心。孩子是太懂事了，她听从妈的话，她比羔羊还柔顺。黄老太这时有些懊悔不该向她说如此使她伤心的话，眼皮儿一红，抱着花奴娇小的身躯，为她可怜的爱女，止不住她心头的创痛，也默默地淌下泪来。

花奴纤手在她妈脸上擦着眼泪，破涕嫣然笑道："妈妈，你怎么也伤心了？快别想他了，你吃饭吧。"说着，她便站起身子，把衣料仍旧包好，和盒子扎在一起，放过一边。

这夜花奴睡在床上，哪里睡得着，心中只是默默地想：明天我把这些东西都还给他吧，他一定不答应，心里也一定会不高兴。当然如果要还给他，那么他给我的钱呢？不是也应该都还给他吗？但是钱已经用了，这叫我又哪里能够还得出？要是他这样问我一句，你既然不要，当时为什么不坚决拒绝，现在还我又给哪个去穿？钱是已经花了，就是你不要，不也是为了你花的吗？这叫我怎样回答他？一时又想着她富于情感而又富于侠气的拜云，他真是个世界上再好也没有的少年了，并不是为了他的帮助我，而我心里赞美他，甚至于到爱他的程度。第一次碰见时候，他不要买花，为的是听我说要回家替妈做饭去，所以他给我一角钱，但是花并没拿，这不是他以金钱来诱惑女性为目标，他完全是替贫苦人家起了同情之心。只要听他说拿了花到学校去成个什么样的话，那我就知道他是个好学的青年。第二天早晨和中午，一连地碰见他两次，这也太凑巧，我们会碰着撞了一下，因此我们就开始谈话了，以一个大学生的资格，他眼光里并没有以为一个卖花女的低贱，轻薄浮滑举动没有固然不要说，他也曾代我表示沉痛的扼腕。自从这一次谈话，我自己也不明白，会在脑海里嵌上了一个深刻的影像。往后他是为我受伤了，我陪伴他在医院中，甚至于和他同榻而眠。这虽然自己情感冲动得太厉害，但一半也还是为了他的人格可靠啊！

花奴把过去的事情一幕一幕想，觉得拜云这人不但是生得一表人才，而且实在是个有血性的千古第一多情人。他既然这样诚恳地对待我，倘使明儿我要回绝他的话，他的心中不是要大受刺激了吗？就是在我也实在不忍心啊！

花奴左思右想，真觉得好不为难，一听壁上的钟却已当当地敲了两下。黄老太觉得花奴辗转反侧，好像十分不安模样，因问道："月儿还不曾睡着吗？"

花奴道："没有，我才醒来一会儿。妈妈，你呢？"

黄老太咳嗽着道："我是天天夜里到这时候要醒了，这样一直要到东方发白。"

花奴忙道："妈妈夜夜这个样子，我怎么一些儿都不晓得？"

黄老太道："年轻血气旺，况且白天里你又劳苦着，所以晚上是特别睡得浓。"

花奴叹口气道："妈妈，凡事都有定数，过去的事，你也别想它了，身子也要紧。我们能够活在世上，还是上帝保佑呢。"

黄老太叹道："要不是为你姐弟两人，我也早愿跟你爸爸一块儿去了。谁知道逃到了半途，你弟弟依然是……这我做人还有什么乐趣呢？"

花奴听了这话，眼眶又红起来。她为妈妈伤心，而更为自己可怜，于是她忍不住又淌泪了。两人默默地不说话。不知在什么时候，花奴方才睡着了。

这一觉醒来，不觉已近午时，黄老太已烧好菜煮熟饭，见花奴醒来，便笑道："这懒丫头，睡到这时才醒呢。"

花奴"啊呀"道："怎么已午饭时候吗？怎的我贪睡得这样迟呢？"

黄老太笑道："快起来吃饭吧。"

花奴因匆匆起身，洗脸漱口，正欲和黄老太吃饭，忽听一阵皮鞋声，走进一个人来。花奴回头一瞧，不觉冲口叫道："咦，云哥，你这时打从哪儿来？午饭怕还没用过吧？"

黄老太站起，见果是陶先生，手里还夹着两三本洋装书，听他笑道："你们已吃饭了？我从校里回家，这儿是顺路的，所以来望望你。"

花奴见桌上只有三只青菜萝卜小菜，心里颇觉难为情，一面笑盈盈迎上来，接过他书本，放在床上，一面叫他脱了大衣，望着他道："那么就在这儿用了去怎样？"

拜云点头笑道："那我就不客气了。"

　　花奴倒想不到他会答应得这样快，心里又喜欢又感触，眉儿一扬，颊上的酒窝便掀起来。这时黄老太已端过一杯茶，拜云忙接过道："老太太，你快不用客气，自管吃饭吧。"

　　花奴道："今天家里没备什么菜，我去喊一客蛋炒饭，你喜欢吃么?"

　　拜云道："你不用去喊，我随便和你们吃些得了。"

　　花奴笑道："你咽得下这样小菜吗?"

　　拜云道："青菜萝卜最合我的脾胃，哪里会咽不下?"

　　花奴噗地一笑，黄老太早已下楼叫人去喊了。

　　拜云道："你妈呢? 怎么不见?"

　　花奴道："你等着坐会儿，妈已喊蛋炒饭去了。"

　　拜云道："这真好了，叫老太太丢下饭碗去喊，我心里可过意不去。"

　　花奴望着他只是抿了嘴笑，却并不回答。拜云指着桌上饭碗道："怎么你不吃饭了? 别冷了呢。"

　　花奴道："等会儿一同吃。"

　　拜云道："你的衣服叫裁衣匠做了吗?"

　　花奴听了这话，忽然红着脸，低头不语。

　　拜云奇怪道："咦，怎么啦?" 说时，站起来走近她的身旁，拉着她手追问道，"月妹，你……怎么啦?"

　　花奴抬头，用恳切的目光凝视着他道："云哥，你的恩惠我是到死也绝不会忘的。"

　　拜云听到此，急忙用手将她樱口捂住，埋怨她道："月妹，你的心我早知道了，你何苦要说死呢?"

　　花奴见他这样多情地爱她，心里正是万分感激，这叫自己怎能再开得出口说退还的话呢? 于是呆呆地又怔住了。

　　拜云道："你到底是个什么意思，说给我知道吧。"

花奴只得又道："云哥为我花了这么多的钱，妈说云哥还在求学时代，倘然被你妈知道了，云哥的前途不是要受到影响？那时我心中怎能对得住你？所以妈说这些东西实在不好意思收受，全都还了你吧。"花奴声音是很轻微，脸也慢慢低垂下来。

拜云道："这你老太太也多虑了，假使我没有能力的话，我绝不是贸然从事。月妹，你放心，回头我跟你妈说好了。"

花奴低声道："你的情我总记着你是了。"

拜云听了这话，心里颇觉难受，喉间咽着道："月妹，你果然不愿和我……"说到这里，再也说不下去。

花奴连忙抬头，握了他手笑道："云哥，你别着急，因为你这人太好了，所以我娘儿俩都觉不好意思。"

拜云道："我知道你们意思了，但你只管放心，我绝不是这一种人。日后我若负了你的心，我绝不得好死。"

花奴到此，也急得纤手向他嘴一按，眼皮儿红起来，默默地无语，望着拜云，眼角旁涌上一滴眼珠。拜云心里也觉一阵莫名的悲哀，凄然掉下泪来。花奴见拜云也淌泪，一时反破涕笑道："好好的倒累云哥也伤心，你快不要再想这事了。"

拜云拭泪道："月儿，你要知道，你的身世，你的境遇，是太使我感动了。"

两人正在说时，黄老太已把蛋炒饭喊来，花奴忙去取一双筷子，放在桌上。拜云忙道："老太太，这真对不起，你们自己的饭凉了吧?"

黄老太道："不要紧，我们可以换的。"说着，便把花奴一碗饭也换了热的。

花奴道："云哥，那么你坐下来可以吃了。"

拜云遂在桌旁坐下，黄老太仍就坐在床边吃。花奴握着筷子，只管挑着碗上的饭粒向小嘴里送，默默地并不说话。

拜云拿了匙掬汤喝，回头见黄老太好像正向自己望，因乘此笑说道："老太太，刚才月儿对我说，因为我替月儿花了许多钱，你们心里十分不好意思……不过在我想，也不算什么一回事。这在一年前的你们，恐怕也不这样稀奇吧？你老太太的意思，我当然是很感激，因为十分地顾虑我，但这些我原也知道的。昨天月儿也阻过我，这是全出于我的一点心。请老太太就赏我个脸，收下吧。"

黄老太听拜云说得这样委婉，而且又这样客气，这叫自己回答什么好呢？因忙答道："陶先生，你真太客气了，不知叫我们怎样报答才好。"

拜云听黄老太已经答应，心中十分高兴，回头向花奴望了一眼，却见花奴也在望着自己笑。

三人用毕了饭，拜云催花奴拿衣料到下面去裁，道："我替你分配好了，这件茶绿丝绒做骆驼绒，妃色软缎做衬绒，那春波绉和百蝶绉做夹衫，单的往后再说吧。"

花奴笑道："先做一件得了，那夹的时候尽早呢。"

拜云道："做好了也是一样的。"

花奴笑着，因把那几件料子都取出来。

第十二回

两小无猜嗔哥暗弹泪
偶然被邀跑狗得独赢

　　拜云看着花奴给裁衣匠量好尺寸，一面叫黄老太也来裁好衣服，他方始向黄老太告别出来。花奴送到蒲柏路口，拜云道："你进去吧。"

　　花奴站住道："你几时再来？"

　　拜云道："后天和你一同去拿大衣。"说着，握着她纤手摇了一摇，笑道，"我叫你下午去烫发，你答应吗？"

　　花奴含笑点头，拜云才跳上人力车，叫拉回江公馆去了。

　　到了上房，只见妈脸朝着里睡在床上，一听脚步声，便回过头来，见了拜云，便叫道："云儿才回来吗？"

　　拜云点头道："妈妈睡午觉？"说着，便走近上前来。

　　陶老太在床栏上倚着，望着他微笑道："云儿这几天很忙吧？"

　　拜云听了，倒是一怔，因道："放学的时候总要十二点，我怕回来你们已经吃过饭，所以约着同学就在外面吃了。"

　　陶老太道："我问你一件事，你愿意吗？"

　　拜云笑道："什么事？妈妈你说吧。"

　　陶老太想了一会儿道："你的舅妈说，上海地方原是堕落青年的陷阱，她的意思要替你早日定一头亲事，免得你心里不安定。"

　　拜云脸上一红，心想：这一定是自己好几次不回家吃饭，所以引起她们的疑心了。因忙说道："妈妈，你这个请放心，孩儿在外面是绝不会胡闹的。"

陶老太笑道："我原也知道你不会随俗浮沉，但你愿意早定一头亲事吗？"

拜云低头不语，好一会儿，便轻声问道："是哪一家呢？"

陶老太道："这是你舅妈私自和我说的，你和萍儿感情原也不错，她是早有这个意思了。"

拜云忙道："这事萍妹知道吗？"

陶老太摇头道："她哪里知道？舅妈的意思也不错，她说你舅舅只有萍儿一个孩子，配到外面去，心里又舍不得，再说你外祖只有我和你舅舅两人，你爸爸又是个独养儿，因此我家亲戚是很少。你爸爸现在没了，也全仗舅父来教训了。萍儿这孩子不但容貌好，性情也好，人是再聪明也没有了。我是自小儿就喜欢她，就是你平日不也很爱她吗？我想两家结了亲眷，那是再好也没有了。"

拜云踌躇了一会儿，想妈妈的话当然不错，她老人家为我操这份心，为的是爱我，但我在花奴面前将怎样交代呢？因笑了笑道："别的没有什么，只是年龄相差太远一些。"

陶老太道："说多也不多，只不过七年罢了。"

拜云听妈一口地赞成，心想这事可糟了，一时情急智生，便笑着道："妈妈既然欢喜，我当然也赞成。但是这事最好且等明年再举行吧，因为那时萍妹高中可以毕业，而我也可以毕业了。"

陶老太听他这样说，因也点头道："这就随你的意思吧。"

拜云又谈了一会儿家常事，便走到书房间来。走到小院子里，齐巧遇见寄萍走来，见了拜云，只笑了一笑道："云哥回来了。"

拜云有好多天不曾和寄萍在一块儿谈话，以为这时见了自己，必定又要缠个不了，谁知她只问了一句，便自管向上房里走去。拜云心中好不奇怪，表妹突然会改变了她的态度，难道和妈谈起我们婚姻事，她也知道的吗？所以她见我就怕羞了？但是刚才我问过妈，妈说表妹是不晓得的。我知道妈是绝不骗我，但萍妹究竟为了什么

84

呢？也许因为我有几天不曾和她说话，她心里气着我吗？

拜云想着，便赶步上前，把寄萍的手拉来道："你到哪儿去？怎么不理我？"

寄萍眸珠一转道："我不是叫过你吗？怎么说我不理你呢？"

拜云笑道："我瞧得出萍妹脸上不高兴神气，不知是不是和我生气？"

寄萍淡淡一笑道："好好的我凭什么要和你生气？云哥这话不奇怪吗？"

拜云道："平日我回来，你总缠着问我在哪儿，今天怎么不问了呢？"

寄萍笑道："我问你，你总回答到朋友家去，或者和同学一块儿外面吃饭。这些我耳朵听也听熟了，如果我再天天问你，那我也真个是太傻了。"

拜云听她语气中殊有怨色，一时想起那日自己去看望花奴，寄萍送我到大门口，再三嘱我早些回来，不料那天又直到晚上才回家，这大概使她小心灵中感到失望吧？可怜萍妹为我这样操心，自己却只当她是耳边风，无怪她要怨恨我了。但萍妹是个天真无知的童心，难道她近来也懂得爱……

想到这里，便回头去望她，却见她低垂了头，脚尖在地上画着字。拜云道："你没和我生气，那么你同我到书房里去吧。"

寄萍没有说话，默默地给他拉到书房间。拜云放下书本，脱了大衣，倒了两杯玫瑰茶，一杯递给寄萍，一面笑道："几天来在外面应酬，和萍妹很少谈话机会，今天我们聊一会儿天吧。"

寄萍在他对面坐下，微笑了一笑，自端着杯子喝茶。拜云见她这种意态是从来也没有过，怎么仅仅几天来就把她天真烂漫的心改变了？这好像是换了一个人。但她所以这样的主要原因是为了什么，这自己多少有些明了，不知怎样来安慰她两句好。自己一向对待她是个小妹妹的模样，现在可不能了，叫我先开口讲些什么才是？拜云这样一想，也就呆呆地怔住了。这时寄萍的心中也有她的想头，她想自己年岁一年一年大了，可是还一味孩子气，尤其在这位表哥面前，更加不避什么嫌疑，缠着他玩笑闹嗔。可是他总百依百顺的，现在却和自己似乎生疏了许多。他天天下午出去，一定是和密司韩倩倩在一起玩，自己的话，他也不十分要听了，也许他在讨厌自己，所以宁可和他避开一些。可是一个人在房中时，她又想从前表哥是自己独有的，现在是被韩倩倩抢去了。寄萍这样想着，心里也觉得有些伤心，暗自淌了一会儿泪。寄萍的想头虽然是孩子的心理，但是否有爱情作用在里面呢？她自己也不十分明了。她只晓得表哥一个人是可爱的，和自己是玩惯的伴侣，一旦生疏起来，心中便好像失去了一件什么宝贝，当然有些难受吧。

这时两人静悄悄地坐了一会儿，寄萍见他并不和自己说话，心中愈加辛酸，便站起来道："云哥，我还要去理一会儿课本，等会儿来和你谈吧。"

拜云见她说话时依然满面娇笑，因也不理会什么，说道："晚上有空和你瞧电影去吗？"

寄萍嫣然微笑摇头道："今天我有许多功课要预备，怕来不及哩。"说着，便回到自己的卧房。她却并不做什么功课，倒身在床上躺着，掩着绢帕，暗暗地啜泣了一会儿。可怜的萍小姐，从此也坠入情网中了。

光阴是不停地过去，早又过了两天，这天下午，拜云坐了人力车，急匆匆地到花奴家里去。当人力车拉到蒲柏路时，忽见从霞飞路迎面也拉来一车，车中的人向拜云喊道："哈罗，密司脱陶。"

拜云连忙仔细望去，原来是韩倩倩，因也笑道："密司韩到哪儿去？"

倩倩已叫车夫停下，笑道："巧得很，正想到府上来拜望你，不料竟在半路上遇见了。"

拜云因也跳下车子，各人付去车资，握了一阵手。倩倩道："你有没有什么事？我想邀你到跑狗场去玩玩。"

拜云因为花奴约定今天同去取大衣，而且自己还有许多事要干，遂笑着道："这个我是外行……"

倩倩不等他说完，便挽着他臂膀笑道："去见识见识不好吗？我知道你这人尽喜欢闹客气。"说着，便不管拜云同意不同意，拉他到一家汽车行，叫开到逸园去。

拜云不好意思推却，坐在车上，却暗暗叫糟了。一会儿，汽车忆进逸园大门，两人下车，倩倩给他一块会员证，一面买了两本预测。拜云笑道："密司韩，你对于跑狗的门槛很不错吧？"

倩倩笑道："也不见得，我在这个地方不知丢脱了多少钱呢。"说着，分一本预测给他道，"下午所跑狗的名儿以及过去成绩哪只狗最快最好，统统都在里面，使买票的人瞧了胸中略有把握。"

拜云接过，一面跟着倩倩到会员大看台，见场中老的少的男的女的西洋人东洋人统统都有，下面跑狗的场却和跑马场差不多，只不过小了好几倍。倩倩拉开两只椅子，和拜云坐下道："今天是星期六，所以下午也有跑狗。平日是要在晚上八时起赛。"说时，一面又翻开预测，拽给拜云看道，"现在已三点半了，第一趟第二趟是跑过了，这次是第三趟赛，路程是七百码。这里预测的六只狗都是好的，过去成绩不是第一便是第二。不过他们仍挑出最好的三只，密司脱陶，你瞧，他这里是二号极司非第一，五号生别罗第二，三号乔治第三。"

拜云忙问道："这本预测中既然已经说明，那不是每个人都可以赢钱了吗？"

倩倩笑道："这也很难说，你如果照它买了，恐怕买不着。如果不照他买了，偏偏又和预测中一样。所以买票实在非有经验门槛不可呢。"

拜云道："那么这一趟你瞧买几号狗好？"

倩倩道："照预测买票，独赢也许没有把握，位置比较稳些，我想买十张生别罗位置怎样？"

拜云笑道："我是个门外汉，你买的当然不错。"

倩倩笑道："你倘使没有把握的话，你可以瞧他牵出来的狗，看哪一只雄伟，这是要给初次来的人看才有意思，常常来的人就不行了。"

拜云点头道："这样很好，你慢些儿去买，且待我瞧过了狗一块儿去买吧。"

两人正说时，场上已牵出六条狗，都是穿红制服白裤的西人牵着，一号是披红套子，二号是披蓝套子的，三号是披白套子的，四号是披黑套子的，五号是披黄套子的，六号是披绿套子的。套子上统标着三四五六的阿拉伯字，看过去好像运动家穿着汗马夹，个个雄赳赳神气。拜云见四号的狗最小，嘴儿最尖，尾巴藏到屁股下去，并不竖起来，心想这条狗很有些意思，因在皮夹里取出五十元钞票，递给倩倩道："我买四号独赢十张。"

倩倩笑道："你拣中意了吗？"

拜云点头道："不管他三七二十一，我且买了再说。"

倩倩噗地一笑，拜云见她这样，一时省悟过来，原来她在讨自己便宜，因笑指她道："你真不是个好人。"

倩倩咯咯一笑，便自去买了。等倩倩买来，那六条狗早已关进笼子，那时场上就有一只电兔，系用机关跑出来。当电兔跑到笼子面前，只听当的一声钟声，那笼子门早已统统开了，六条狗便各拼命地追电兔去。等到一圈跑过，电兔进了洞，狗也已跑过目的地。只见对面高台上挂着三块牌子：第一四号，第二六号，第三五号。拜云一见自己果然瞎买买着了，乐得笑弯了腰，一面问倩倩道："密司韩买到没有？"

倩倩道："我幸亏买位置，否则五十元钱就泡汤了。你的运儿真不错，我们快一同取钱去。"

两人遂忙到领款处，只见一块黑板上写着："四号狗独得五十五元，五号位置得款十七元。"倩倩拍着拜云肩笑道："可了不得，这只四号狗真是大冷门，竟被你买着了。"

拜云笑道："那么你快给我去领吧。"

不多一会儿，倩倩早已领来道："你的款子，我叫他打一张即期支票。"

拜云接过一瞧，却是一张中国银行即期支票，五百五十元。因点头笑道："很好，你赢多少?"

倩倩道："我总算也得到一百二十元钱。"

拜云笑道："我这钱真赢得莫名其妙。"

倩倩忍不住给他说得哧哧笑起来，这时两人又到看台，第四趟早已开始，倩倩道："这一趟票已来不及，我们看一次吧。"

拜云道："你猜猜这一趟是哪只狗第一。"

倩倩道："预测上是六号，我看五号倒有些希望，依你的眼光呢?"

拜云道："我瞧二号狗很不错。"

倩倩道："那我们且瞧着，到底谁猜中。"

两人正说着，突然见台下一个大呼有人抢钞票，倒把众人都大吃一惊。

第十三回

泼醋拈酸冰场逢情敌
撩云拨雨浴室叙旧欢

大家一听有人抢钞票，心中都吃了一惊。场内本有中西探捕雇着，以防万一，这时早有一个西捕把那抢钞票的人捉住。拜云往下一瞧，只见那人衣冠楚楚，并不像扒手模样。这时大家都注意捉扒手，把赛狗也忘记瞧了，待扒手给西捕拉去，那场上狗也早已赛完。拜云、倩倩抬头一瞧，见牌上挂出却又是一个"四"字。拜云"咦"了一声道："怎么跑狗也有老宝的吗？"

倩倩也奇怪道："今天独出冷门，倒实在很难买。"

拜云笑道："这样看来，我们这些钱是外快，要识趣的早些回头走，要不然赢钱倒出不算外，恐怕还要掏腰包。"

倩倩咯咯笑道："从这一些瞧来，可见你的门槛比我还紧。今天我们准定不买了，不过我们看了第八趟再走吧，因为第八趟是跳棚赛，而且还是让路赛。"

拜云道："这倒真的要见识一下。"

倩倩道："这一趟真难得看的。其中有两只狗，一只叫路培，一只叫凡玲丁，这两只狗从前在明园和申园跑的，后来明园申园不跑狗了，这两只狗主人也就不叫它们跑，因为它们替主人实在挣了不少钱。"

拜云道："想来这两只狗是常跑第一的了。"

倩倩道："怎么不是？每跑一次第一，狗主人可拿一百元钱。现在逸园因要答谢买客兴趣起见，特地把这两只狗请来做客串。"

拜云笑道："这你也太挖苦人了，狗也有客串吗？"

两人谈笑一会儿，第八趟已到。路培让路二十码。拜云道："这次恐怕是凡玲丁第一了，哪里有二十码路可以相差吗？"

倩倩道："这就要看路培的颜色，不过票子没有什么买头，因为狗太热了，就分不着钱。如果要买的话，还是本园的奥其门铁，不过是要买位置的。"

两人说时，场中早已开始起赛，只见路培起步如飞，跑到三百五十码时，早已蹿出众狗的头。凡玲丁当然挨在第二，谁知跳到第三个棚的时候，不知怎的，竟跌了一跤，因此给奥其门铁追上。结果路培第一，奥其门铁第二，凡玲丁虽跌一跤，却依然挨到第三。只听旁边一个人说道："凡玲丁大概有了身孕，这次竟吃瘪了，照理该它是第一。买它独赢的，真是大触霉头。"

拜云方知凡玲丁是条雌狗，倩倩笑道："密司脱陶，你瞧这就是买着了有什么开心？倒是奥其门铁位置有意思呢。"

拜云笑道："密司韩的经验我真佩服得很。"

倩倩嫣然一笑，两人便携手出园，跳上一辆汽车，倩倩道："我们既然赢了钱，到哪儿去玩玩呢？"

拜云见手表已四点二十五分，因道："电影你喜欢瞧吗？"

倩倩摇头道："没有意思，我们玩新鲜的。永安大楼不是新辟有溜冰场吗？我们何不去玩一玩？"

拜云点头道："很好。"

倩倩遂吩咐车夫到永安大楼去。不多片刻工夫，汽车早到热闹的南京路，两人付去车资，跳下车来，携手进内。拿了两副溜冰鞋，职员便给两张卡，上面写明时刻，每个钟头一元大洋。拜云、倩倩进了场子，只见年轻的红男绿女已有不少。两人坐了一个桌子，侍者泡上两杯香茗，拜云道："我们先吃些点心怎样？"

倩倩一面穿上溜冰鞋，一面点头道："好的，你吩咐他们是了，我先去试试。"说着，遂走下场子，似飞般地溜起来。

拜云见她进退如意，团团飞舞，动作既熟又迅速，真像蛱蝶穿花一般，倒也瞧得心里痒起来，一面吩咐侍者拿点心，一面也早下场去溜了。倩倩见他下来，心里十分喜欢，便很快地溜了过来，拉着拜云的手，两人在场内携手飞溜，一会儿放开，一会儿挽着，一会儿又团团转着溜。溜到后来，倩倩两颊泛红，娇喘吁吁，便扑到拜云身上来。拜云险些被她拉倒，因忙将她扶住，笑道："我们休息会儿。"

倩倩含笑点头，两人回到座位，侍役早把各式西点端上，两人边吃边谈。忽然听了砰的一声，一时全场的客人便哗然大笑，倩倩、拜云连忙向场内望去，只见一个花信年华的女子，装束十足摩登，仰天跌了一跤。倩倩伏在桌上也忍不住味唏笑起来，忽然拜云向她衣袖一拉道："密司韩，你瞧这人不是你的二姨娘林秋心吗？"

倩倩当时并不注意，这时听了，连忙定睛一瞧，那跌在地上的女子果然是林秋心。倩倩正欲下场去扶她，却见一个翩翩少年俯身把她抱起，扶着秋心到座位上去。两人见了，都"咦"了一声，扑唏笑起来。拜云道："季玉和密司林怎么认识的？"

倩倩不好说季玉也常到我家来玩，因笑道："那天我和二姨在南京路买物，在路上曾碰到季玉，所以他们就认识了。"

倩倩一面说道，一面心中暗想：他们几时结交得这样亲热了？想来一定是季玉望我时，因我常不在家，都由二姨招待，因此给二姨搭上手了。倩倩想到这里，鼻子里觉得冲上一股酸气，暗骂一声："不要脸的东西，爸爸待你不薄，你去爱上别人倒也罢了，怎么来抢我恋人中的一分子呢？"

诸位不要笑，倩倩生成是个浪漫的小姐，她的想头和别人也不同。她抱的是多角恋爱主义，只要自己认为这个少年是可爱的，她便都纳在自己旗袍下做情人，不过她对于拜云是特别倾心。

拜云见她默默无语，便笑问她道："密司韩怎么心中不自在？"

倩倩忙道："是吗？我怪密司脱潘太不应该了。"

拜云道："这是为什么呢？"

倩倩道："他什么人都可结交，为什么偏带我二姨出来玩，这不是太对不起我的爸吗？"

拜云笑道："现在社交公开，这原也没有什么关系。你说这话，不是有些落伍吗？"

倩倩道："他不知道原没关系，既知道她是我的二姨娘，就不该在一起玩了。"

拜云笑了笑，却并不说话。这时见季玉和秋心早已挽手出去，倩倩心里真有些气愤，因在拜云面前不好意思十分显出，心想还是自己找些快乐再说，于是她挽着拜云又到场子里去溜冰了。

季玉和秋心怎么也会在此溜冰呢？原来季玉因为倩倩没有确实地爱他，所以他竭力地追求，不料那天竟中了秋心的圈套。秋心原是堂子出身，迷人的手段比姑娘们更要厉害十倍。季玉是个初出茅庐的少年，那天自得着秋心的好处，心中犹念念不忘。因为既得不着倩倩的垂青，便暂时把秋心当作一个爱人。倩倩虽然浪漫，行动究竟尚不越礼义范围，但秋心的思想原和年轻的姐儿不同。倩倩的爸爸不常回家，把一个欲食很大的少妇搁起在空房中，怎不要大闹饥荒呢？所以秋心得着季玉，好像和活宝一般，哪肯轻易地放松？今天季玉本是来瞧倩倩的，齐巧倩倩来访拜云，因此秋心又缠住了他。季玉说还是到永安大楼溜冰玩去，当时秋心答应，两人便到溜冰场来。不料秋心对于此道本是外行，因此翻了一个跟斗，引得众人哄堂大笑。秋心当时羞得连耳根子都红起来，想从地上爬起，但一时哪里爬得起，而且屁股疼得了不得，幸而季玉扶着她到座位来。秋心因不好意思再在这儿玩，所以和季玉一同出了溜冰场。

季玉道："你现在还痛吗？"

秋心瞟他一眼道："怎么不痛？我想到国际饭店去开了房间，你答应吗？"

季玉笑道："你既跌痛了屁股，走路也不便当，为什么要开国际房间呢？就在这儿近些，扬子、大东、东亚不好吗？"

秋心道："那么拣最近的，还是大东吧。"

两人到了大东旅社，侍役引到三楼三百零三号，季玉道："是不是个浴室房间？"

侍者点头，两人走进房中，秋心先向床上一躺，季玉付了十元钞票，侍者泡上香茗，便掩上房门出去。季玉脱了大衣外褂，洗了个脸，一面拧把手巾给秋心，秋心擦了擦嘴，季玉道："我看你要热死了。"

秋心道："我麻酸得很，哪里还有力气脱衣？你给我脱吧。"

季玉因替她脱去大衣，又替她脱去高跟鞋。秋心趁势把他抱住，亲个嘴笑道："你真是我的好宝贝，请你给我抚一会儿好吗？我实在跌得不轻呢。"

季玉给她这样一来，心中早已陶醉，因笑道："你快覆转身子来，我就给你揉擦一会儿。"

秋心听了，便一个转向，真果覆在床上，季玉便伸手在她的臀上轻轻地揉擦，只见秋心故意把臀儿微微地起伏，季玉只觉得手心上软绵绵的，好像摸着一块粉团。揉到后来，手心上好像有了电流，一时灌到全身的血液里，立刻紧张得不得了。季玉猛可把秋心扳转身子，将她紧紧搂住，向她颊上嘴上吻个不住。秋心更是需要这些，把季玉也紧紧搂着不放，一面低垂眼皮，任他这样摆布，口里只喊着亲爱的。约有十分钟的时间，秋心方始放了手，四肢软绵绵地倒卧在季玉的身上。

季玉笑道："你的臀儿还痛吗？"

秋心哧哧笑道："没有了，一些儿也不痛了。你的按摩手术真不错呀。"

季玉道："密司林，你替我进行的事到底怎样了？倩倩她天天下午不在家，我倒有些不放心。倘使她和你一样，跟异性也像你和我

94

这样热情，那……叫我怎样戴得上这顶帽子呢？"

秋心听了，啐他一口，纤手狠命地拧他一下大腿，嗔着道："你放着和尚骂贼秃，你既不赞成这样，为什么要来诱惑我？我明天和你法律起诉，看你拿什么脸来见人？"

季玉吓得舌儿一伸道："我的好太太，你这手段太厉害了。我的童贞已交给了你，你反说我来诱惑你，这你良心上也说不过去吧？"

秋心把纤指向他颊上一划道："你不要说这话了，难为情都不怕。童贞？还亏你说得出，假充什么老实人？"

季玉急道："我骗你我不是人。"

秋心咯咯笑道："你本来不是人，你倒想做个人吗？"

季玉道："我这样侍候你，也不能说不周到，你到底还有什么不称心？偏要挖苦我。"

秋心道："你是因为要我帮忙，所以竭力奉承我。等到你和倩倩成功了一对，那时你的后脑也不要瞧我了。"

季玉道："这是什么话？倘使果然成功，我总不忘记你的美意。"

秋心冷笑一声道："嘴里说得好有什么用？"

季玉道："日后我若忘记你，我绝不得好死。那你总好放心了？"

秋心听他立了誓，方始回过笑脸，将他抱住道："你既这样说，我一定帮你成功。不过不能太性急，欲速则不达，这些你总知道的。"

季玉点点头道："密司林，你肚饿吗？我们喊两客大餐来怎样？"

秋心道："慢些，你先伴我去洗个浴。"

季玉不敢违拗，遂给她脱了旗袍衬衣，又给她披上浴衣，两人便到浴室里去。约莫一个钟点后，两人始浴罢出来。秋心对镜匀粉，季玉吩咐侍者拿上两客大餐并一瓶葡萄酒。一会儿酒已拿上，季玉满满倒了两杯，一杯送到秋心面前，笑道："快干了这一杯，大家提提神，刚才你可辛苦了。"

秋心红晕着脸，啐他一口，便嫣然笑了。两人先喝酒，后再吃大餐，等到餐毕，时已九点半了。季玉还要到跳舞场去，秋心笑道："就在这儿我们跳跳得了，回头跌倒在跳舞场里，可给人笑煞了。"

季玉道："你这样不中用吗？"

秋心听了，呸了一声道："我倒是顾虑着你，你嘴硬，我们不妨先试试。"

说着，把收音机开了，两人拥抱着便在房中跳起狐步舞来。谁知跳不到三分钟，季玉两腿软绵绵地再也提不起，因咯咯地一笑，便把秋心娇躯抱到床上，两人并头躺下，季玉还伸直两脚喘气。秋心噗地笑道："我早就知道你是个银样镴枪头，被人打肿了脸，拼命还装胖子哩。"

季玉忍不住笑起来，两人躺在床上，谈谈笑笑，直到十一点敲过，才分手各自回家。

第十四回

浅酌低斟旨酒分七色
深情蜜意良缘结三生

拜云和倩倩在永安溜冰场直玩到八点敲过，两人方始挽着臂儿出来。倩倩道："你的腿酸吗？"

拜云笑道："稍许有些，这比跳舞吃力呢。"

倩倩笑道："这是因为你初次玩这个，第二次就绝不会了。这溜冰是全身运动，假使天天能够玩一小时，身体是颇有益处的。"

拜云点头道："不错，密司韩，你喜欢哪儿去吃饭？我的肚子有些饿了。"

倩倩道："雪园吃火锅去怎样？"

拜云答应，两人遂坐车前往。当有侍者招待入座，倩倩吩咐侍者拿只鸡块火锅，又另点几只上市酒菜，回头又向拜云笑道："密司脱陶，这儿有七色白兰地，你有兴趣喝吗？"

拜云道："你喜欢我就奉陪。"

倩倩听了，眉毛一扬，乐得咪咪笑起来，遂又吩咐侍者拿上四杯七色白兰地。一会儿，侍者已把火锅端上，用电线插上壁旁的"扑落"，那火锅就像打气炉子似的旺起来。一面又端上两只大盆，一盆上放着鸡块，一盆上放着青菜、萝卜、素鸡，还有两只鸡蛋，这些都是生菜，侍者把锅子放上，先用筷子夹着鸡油放在锅上摩揩，那鸡油便溶化了。侍者又放上青菜、萝卜片、素鸡，一会儿便啪啪地滚起来。倩倩拿过鸡蛋敲开，放在一只小碗上，用筷子把蛋黄打开，又和上酱油，回头又叫侍者拿盆中牛肉片，一面又对拜云道："这火锅分鸡肉和牛肉两种，现在我们都来尝一尝。这火锅是很卫生的，它怕人家吃了有火气，所以用生鸡蛋打碎，预备把火锅中取出的菜向生鸡蛋汤内撮一撮，因为生鸡蛋是可以避火气了。密司脱陶，这东西你曾吃过吗？"

拜云方才知道这一只生鸡蛋的用处了，因摇头笑道："却不曾吃过。"

倩倩一面拿筷子夹鸡块到锅上去，一面说道："这就难怪你不曾吃过，这是日本的名贵菜，他们叫'司干阿干'，上海除了这儿备着，别家菜馆是没有的。"

拜云夹了一筷鸡块，笑道："我倒尝尝异族小菜煮法的风味。"

倩倩也边吃边说道："这鸡块放下还不到三分钟，就熟透了。"

拜云道："菜虽是一样的东西，但给他这样烧法，那滋味果然有些异样了。"

这时侍者把牛肉片和四杯白兰地拿上，拜云见小小杯中那酒的颜色一层一层果然分有七种，想来大概化学作用，酒的质量重轻关系吧。倩倩早已送过两杯来道："每人两杯，成双来不公平吗？"

倩倩冲口说出了这话，心里倒又难为情了，怎么说成双来，又不是喝合卺酒……越想越不好意思，两颊就像熟苹果似的红起来。

拜云见她酒还不曾喝，脸倒先红了，一时也理会过来，笑着道："两杯我怕喝不了。"

倩倩秋波瞟他一眼道："你且喝了再说，反正喝醉了就回家去睡，那有什么要紧。"说着，把杯子举起，和拜云手中的杯一碰，两人就一饮而尽。

当这杯酒落肚五分钟后，两人全身都觉得怪热燥，不但脸红，连两手都全红了。倩倩笑道："密司脱陶，这一杯我们慢慢喝怎样？"

拜云笑道："最好我这杯是不喝了，但却不过你的盛情，叫我有些不好意思回绝。"

倩倩眸珠一转，高兴得笑脸没有平复过，低低说道："这样我真感谢你了。"

两人喝着酒，吃着菜，谈谈笑笑，直到十点多钟，方始吃毕。这时两人都有些醉意，侍者拿上账单，计洋十六元二角五分，倩倩拿出两张十元钞票，叫不用找了，一面叫代喊汽车。一会儿汽车已来，侍者给两人穿上大衣，送到门外。专司拉门的小孩见两人喝醉出来，连忙奔到汽车旁，拉开车门，侍候两人上车。倩倩见这孩子雪白粉嫩，两眼乌圆，身穿紫红制服，倒是乖觉可爱，因随手在袋内摸出一张五元钞票，塞进小孩手里。小孩鞠了一躬，关上车门，那汽车便呜的一声开去了。

倩倩紧紧偎着拜云，脸靠在拜云颊上，拜云只闻到一阵阵酒香和肉香，一时心中更被陶醉，伸手在袋内摸出那张中国银行支票，塞到倩倩手里。倩倩正闭眼养神，觉拜云有纸送过来，便微睁杏眼一瞧，扑哧笑道："密司脱陶，你这做什么？"

拜云道："今天我钱赢了这许多，是全靠着你的福，应该完全由我做东才是。但是你每次却抢先去会账，这我心里过意不去。"

倩倩笑道："我今天也不是赢了钱吗？我和你原算不来账。"

拜云笑道："这话对哩，我的意思，这些钱算全是你赢的，那么你来做东，我受着心里才高兴。"说着，把支票放到她黑漆皮夹里去。

倩倩哧一声笑道："你这人倒也想得出，这是什么意思？"

拜云笑道："今天我本不打算去，是你叫我去的。这钱该归你所有。"

倩倩哧哧笑道："你这话不对。我告诉你，从前我每去一次必定输一次，今天是靠着你的福，所以才赢钱。你要如客气的话，我便把今天的赢钱连同平日该输的数目，统统算出来给你。"说着，便坐正了身子，果真把皮夹打开，要取钞票。

拜云忙将她纤手握住，笑道："密司韩，你这话更新鲜了，我从来也不曾听到过。"

倩倩笑道："那么你的话呢？我自出娘胎哪里有听见？"说着把支票还给他，"嗯"了一声道："你再客气，我便不依你。"

拜云见她撒着娇，倒不好意思一定要给她了。这时汽车已到了静安寺路韩公馆，倩倩偎着拜云吮了一个嘴，方始分手下车。

倩倩走进公馆，问小翠二姨太回来了吗，小翠道："下午和潘先生出去，还没回来。"

倩倩冷笑一声，便自到浴室去洗浴，待倩倩浴罢，方见秋心姗姗回来。倩倩笑道："二姨，你今天玩得多快乐，屁股跌开了几瓣呀？"说着，哧哧地笑弯了腰。

秋心一听，脸通红，知道在永安溜冰场一定被她瞧见了，一时计上心来，眸珠一转笑道："哟，你这妮子，既然瞧见我们，为什么不来招呼？"

倩倩哼了一声道："你们成对成双地玩，我没这样呆，来打扰你们。"

秋心脱了大衣，坐到席梦思上，将倩倩一把搂住，亲着笑道："我的好姑娘，你要喝这个醋罐，你实在冤枉煞我了。今天他是来找你的，因为你不在家，他心里很难过。我说倩姑娘喜欢溜冰，我们还是到溜冰场去好了，谁知果然你也在那里。但是我们怎的没瞧见你呢？"

倩倩笑道："你们恩恩爱爱地谈情都来不及，哪里还会顾到旁的？"

秋心啐她一口，笑骂道："你这妮子什么话全嚷出来了，难道姨娘会夺你的爱吗？"

倩倩抿嘴笑道："这也是寻常的事呀，你以为稀奇吗？"

秋心听了这话，好像自己和季玉的关系已被她发现了似的，因假装正经道："倩姑娘，我老实告诉你，季玉是一万分地爱你，他求我竭力地成全他。我想像他这样才貌两全的人，你就答应他吧。"

倩倩笑道：“你爱他你嫁他好了。”

秋心瞅着她道：“你这话该打嘴。我嫁给他，你的爸变成了什么东西？正经的，我劝你就答应吧。”

倩倩道：“这时还没一定，往后瞧他的存心怎样。”

秋心听她这样说，心里颇觉欢喜，想来这事总可成功。他们若成功了，我也就有一份权利能享受呢。两人又谈了一会儿，方始各自回房安歇。

拜云回到家里，因为刚才又喝了一口冷风，只觉头昏目眩，倒在床上就睡，直到次日九时才醒来。一问樱儿，方知寄萍已到校去。拜云匆匆到了校里，今天倩倩和季玉都没有读书，拜云也迟到了半个小时，心中有些惶恐。一等放了学，便在对面咖啡馆吃了饭，心想，昨天凭空赢了五百元钱，我今天给月儿去存个折子。因跳上车子，先到中国银行开个存户，就叫月儿记，把张即期支票过入月儿记户，遂匆匆坐车又到淑贤坊来。

走到楼上，推开亭子间的门，只见花奴的头发果已烫成水波形，她身上穿着绯色软缎衬衣，粉红软缎的短裤，咖啡色长筒丝袜，黑漆高跟革履，拿着一件茶绿丝绒旗袍正在穿着。一见拜云推门进来，羞得两颊绯红，忙叫道：“云哥，你慢些进来呀。”

拜云因慌忙把已跨进一只脚抽出，不多一刻，只见花奴开门出来，笑盈盈握着拜云的手进内道：“你怎么这样早呀？”

拜云见她全已穿舒齐，真好像换了一个人，一时呆呆地望着她，从头直望到脚。花奴被他这一阵呆瞧，心里又喜又羞，便把眉儿一扬，眸珠在长睫毛里一转，掀着酒窝儿嫣然笑道：“云哥，你不认识我了吗？”

拜云乐得耸着双肩笑道：“月妹，我真个不认得了。你这样美丽的容貌，真可称西子再世、南威复生了。”

花奴瞟他一眼，抿嘴道：“云哥，你总喜欢瞎说我的。”

拜云紧握她手，笑道：“我真的并没瞎说你。月儿呀，你真太美了!"

拜云情不自禁，把她纤手在鼻上闻着，花奴并不躲避，低垂了粉颊，尽管哧哧地笑。拜云道："你妈呢？"

花奴道："在下面洗碗。"

正说时，见黄老太已上来。黄老太见这一对花朵似的璧人，心里又喜欢又感触，因叫道："陶先生多早晚来的？"

拜云道："不多一会儿。"

花奴"啊哟"道："我连杯淡茶都忘倒了。"

拜云笑道："你别客气，我们就要去取大衣了。"

黄老太道："早哩，陶先生坐一会儿吧。月儿这痴妮子昨天等了一下午。"

拜云道："我昨天本是来的，在路上碰着朋友，被她拉了跑狗场去玩半天。说也好笑，这门我本是外行，谁知却给我赢了五百元钱。"

花奴道："真吗？"

拜云笑道："怎么不真？她打张中国银行支票给我，今天我去替你开个存户，月儿，你瞧。"拜云说着，把折子取出，交给花奴。

花奴见折子上果然写着"月儿记"三字，因"咦"了一声笑道："这是你赢来的钱，怎么给我呢？你给我买了这许多东西，我心中已不好意思，哪可以再拿你钱？"

拜云笑道："这钱原不是我的，是跑狗场里一班输客的。我不过给他们代做个人情罢了。"说着两人都忍俊不禁。

黄老太道："陶先生，你这样客气，反使我们娘儿心里不安。"

拜云把存折放在床上，说道："还是老太太代月儿藏着吧，我们可以去取大衣了。"

黄老太见他好像对自己的话并不理会，只管自己一味地做事，心想：世界上竟有这样的好人，真也难得，这叫我们怎样才好？

拜云见她娘儿俩都呆呆不语，知道这是她们感激自己的意思，因拉着花奴的手笑道："怎么啦？你怔住着。"

花奴没有回答，柔和地望着拜云，只是说不出话。

拜云道："我们走吧。"两人因向黄老太告别出来。

花奴方始道："云哥，你这样恩德，叫我怎样报答呢？"

拜云憨憨笑道："月妹，你这话好不有趣。我们全都年轻，难道会没有报答吗？"说着更握紧她纤手。

花奴听了，两颊又红晕起来，瞟他一眼，低头不语。

两人坐车到了永安商场，在三楼取了大衣。花奴先穿件黑丝绒的，后穿枣红呢的，对镜照了一回，觉得很合适。拜云站在旁边，真也瞧得呆起来，心想：倩倩及不来她，萍妹及不来她，觉得世界上的女人，无论谁都没像她的美丽。现在果然是我的恋人了，这我拜云是多么幸运啊！

花奴在镜中瞧着后面拜云两眼只盯着自己，因回转身来，向拜云笑道："云哥，你瞧腰身怎样？"

拜云道："腰身再合适也没有了。我瞧这样吧，月妹，你把这件黑丝绒的穿着，那件枣红呢叫他们送到家来好了。"

花奴点头道："好的，就这样吧。"

拜云因付去了钱，一面对职员说了自己的意思，职员一口答应，说准定明天送到府上。拜云遂挽着花奴的臂儿，到四楼上去。

这时定衣部的职员纷纷议论着道："这一对男女，你瞧是什么关系？来定大衣那天，女的还是乡下姑娘打扮，今天却是十足的摩登小姐了。"

一个道："也许刚从内地逃出来，怕有什么危险，所以故意打扮成这样。那男子当然是她的未婚夫了。"

大家都微微一笑，便各自走开。

第十五回

重睹兰闺恍如身入梦
藏将金屋蓄意复前观

拜云和花奴到四楼做什么去呢？原来四楼是家生部，拜云要恢复花奴成个好好的家庭，所以便预备要买一堂房中用具。花奴并不知道他的意思，因低低问道："云哥，我们还到楼上去干吗？"

拜云回头笑道："你且别问，回头你自会知道的。"

花奴心中好不纳闷，这时早早到了四楼，见上面全是床椅桌橱，陈列满楼。拜云和花奴走到那边窗前，只见每隔四扇窗子便装潢成一个卧房模样，里面陈列一堂西洋用具，家生颜色有淡有浓，式子全系最新式的，还配上绿色和紫色的灯光，真是非常美观。

拜云道："月妹，你瞧这几个卧房的摆设，哪一堂最美观？"

花奴把那银齿微咬着嘴唇，望了一会儿，含笑道："那边一堂，很像我从前房中的家生。颜色鲜明，物件简单，而且陈列着又很美观。云哥，你瞧怎样？"

拜云遂走到那堂家生旁边，见是花纹很美丽的柚木制成，颜色很淡，一张床，一只梳妆台，一口大橱，一张席梦思，一只百灵台，两张沙发……大小不下十几件。看那价码，是四百五十元，觉得尚不甚贵，因笑向花奴道："月妹，你喜欢这一堂吗？"

花奴听了一怔，望着他道："我瞧这堂好看些。"

拜云道："你从前在北平时，房中家生不是和这一样吗？那么现在就仍给你恢复从前一样好了。"

花奴惊喜交集，忙道："真的吗？"

拜云道："我几时曾诳过你？"

花奴忽又摇头道："不能不能。"

拜云奇怪道："这是什么话？"

花奴眸珠一转，笑道："像鸡笼那么一间，怎能摆得下？"

拜云听了，忍不住噗地笑道："原来如此。月妹，你这人真傻透了，难道不能搬场吗？"

花奴眉儿一扬，握着拜云手跳着笑道："云哥，你真要恢复我原来的环境吗？"

拜云见她这样天真孩子气，可见她内心的愉悦一定已到沸点以上了，因肯定道："当然，你不相信吗？我立刻可以定下来。"

花奴低声道："但是你给我这样花费，负担到底太重了啊。"

拜云笑道："钱是活的，死藏着原没有用。况且凭你这样花费，也花费不到怎样地步。"

说着，遂向家生部职员招手。职员忙过来问要哪一堂，拜云指着这一堂四百五十元的道："就是这一堂。"

职员忙问贵姓，拜云道："姓陶。"职员取出订单簿，写"陶公馆"，又问府上哪里，拜云道："我住在吕班路，但这家生并不是我自己用的。现在我先付些定钱，何日叫你们车来，在什么地方，我自会来电话通知了。"

职员点头道："这样也可以。"

拜云遂在皮夹内取出五十元钞票来，交给职员。职员点了点数目，说声五十元，拜云点头，职员遂在定单簿上写道："西式柚木家生一堂，共计十四件，货价四百五十元，收定洋五十元。"写毕交与拜云，他放进皮夹中藏好，回头向花奴轻声道："我们现在找房子去吧。"

于是二人又出了永安商场，正欲穿过对面马路去，忽见迎面直来一个西服少年，向拜云叫道："哈啰，密司脱陶，你到哪儿去呀？"

拜云定睛一瞧，见是潘季玉，因也叫道："密司脱潘，你从哪儿来？我们就在这儿买些东西。"

季玉道："我到四马路时报馆登广告去。这位女士是谁？"

拜云道："是舍亲黄花奴女士。"一面又向花奴道，"这是我同学潘季玉先生。"

两人一见，都不觉一怔。花奴认得他是那天被自己撞落书的少年，原来就是拜云的同学。季玉这时皱了眉毛也沉思了一会儿，笑道："密司黄似乎哪儿见过？"

花奴微笑道："也许路上曾遇见过，不过我却没有注意到。"

季玉把手在额间一拍，笑起来道："我再也记不起了。"

拜云道："你去登什么广告？"

季玉道："我叔叔海华洋行里一个女书记，因病辞职，所以要想再请一个，但一时里又找不着人，因此便想出登报招考的法子来。"

拜云听了这话，灵机一动，笑道："我倒可以介绍一个人给你。"

季玉道："真的吗？那再好没有，省得我再去登报费事了。但这里站着说话到底不便，你两位如没有事的话，我们且到大东茶室里去坐一会儿怎样？"

拜云道："好得很。"

三人遂重又进永安公司，到二楼茶室，三人脱了大衣，放在椅背上。侍役泡上三壶龙井，问吃什么。季玉道："回头我们自会叫的。"侍役便即走开。

季玉问道："你说的究竟是哪个？"

拜云笑道："我先问你，你叔父肯出多少月薪？"

季玉道："上次一个听说五十元，总大概五六十元左右吧。"

拜云点头道："这样差不多。我介绍的就是这位密司黄。"

季玉向花奴望了一眼笑道："就是这位密司黄吗？好得很。密司黄前次是在哪儿办事？"

拜云道："她刚从北平到上海，从前是在北平女中毕业。"

季玉笑道:"原来如此,密司黄才高咏絮,钦佩得很。"

花奴含笑道:"太客气,我是一些儿不懂什么,承你这样褒奖,可叫我难为情死了。"

季玉听她一口清脆的北平话,真似出谷黄莺,十分动听,因笑道:"那么准定就这样吧,好在行里也没有什么劳苦的工作,只不过起个信稿。密司黄打字会不会?"

花奴点头道:"打字稍会些,原不十分精熟。"

季玉笑道:"只要会就是了,管什么精不精,反正又不是考状元,况且是密司脱陶介绍,不考也可录取了。"

拜云、花奴倒给他说得都忍俊不禁。拜云道:"那么你和叔父去说一声,我们大概三天后来应试怎样?"

季玉喝口茶笑道:"得了得了,三天后你伴密司黄来任职就是了。海华洋行在二马路外滩,花旗银行对过,你知道吗?"

拜云点头道:"我知道的,那天下午两点钟,最好相烦你劳一次驾,也等在那边。"

季玉忙道:"这个理所当然,我们彼此好同学,还客气什么?"

拜云站起道:"那么我们再见。"

花奴遂也站起身来,季玉忙把拜云身子按住道:"说哪儿的话,既然已在此地,待我来做个小东道吧。"

花奴道:"我们真的还有些事呢。"

季玉一瞧手表又道:"现在只有三点半钟,就是你们有事,我四点钟让你们走,多少该吃些点心去。"

拜云因为有事相托,且他留得这样起劲,若一味地不允,倒有些不好意思,因此只得坐下,向花奴道:"既承密司脱潘这样热情,我们恭敬不如从命了。"花奴抿嘴一笑,也就跟着坐下。

季玉道:"你怎么说这话?那就不像好朋友了。"说着,便握着茶壶,向花奴、拜云面前各筛一杯,花奴忙道声谢。季玉瞟她一眼,笑道:"不要客气。"

这时女侍者拿着一盘点心，走到桌边。季玉道："这是鸡球大包，两位喜欢吃吗？"

拜云道："随便些，没关系。"

季玉遂叫女侍者放下三客，花奴吃了半个，便用手帕抹了一下嘴。季玉道："密司黄大概喜欢甜的吧，回头就有芙蓉大包拿了。"

花奴笑道："你不用客气，我这时真饱得很。"

季玉笑道："密司黄的胃口这样弱吗？我可不信，一定不喜欢吃这个大包。"说着，遂又拿了春卷、烧麦、芙蓉包等点心。

拜云道："尽够了，多了怕吃不下。"

季玉道："不要紧，剩下来可以退的。你们不要做客好吗？密司黄一些儿不吃，那不是瞧不起我吗？"

花奴听他这样说，只好又吃了一只芙蓉包。拜云见钟已敲四下，因和花奴向季玉告别，并约定三天后在海华洋行再见。季玉和拜云握了一阵手，伸手要向花奴握时，花奴却先弯着腰和他点头。季玉只得把欲伸出的手又缩回来。

花奴勾着拜云的臂膀出了茶室，一路地看过去，有没有招租贴着。两人到了五马路时，却见一条弄堂是个群乐里，里内是石库门两幢两下房子。拜云见八号里有客堂楼出租，因和花奴敲门进去。来开门的是个老妈子，问找哪家。拜云道："看房子。"

老妈子遂请两人到客堂，说道："请坐一会儿，我去叫太太。"

拜云打量客室中摆设，倒也是很体面，全堂红木家生，四壁挂着名人字画。正在这时，见厢房里走出一个年约五十左右的妇人，向拜云问道："你们看房子吗？"

拜云点头道："不错。"

那妇人遂领二人上楼，推开客堂楼门，让两人进内瞧看。拜云见房间倒很宽大，且四壁全都油漆，很是清洁。窗子朝南，光线也相当充足，因回头对花奴道："月妹，你瞧还中意吗？"

花奴道："不知要多少钱一月？"

拜云道："还有一层，如果雇个阿妈，叫她睡在哪里呢？"因向那妇人道，"这位老太贵姓？不晓得还有亭子间空吗？因为阿妈睡的地方没有呢。"

那妇人道："敝姓张。亭子间现在我们自己用，假使你们要的话，我们可以让给你的。"

拜云道："房金每月要租多少？"

张老太道："两间一起要租五十元钱。"

拜云笑道："这未免太贵了。"

张老太道："现在房子没有，我们这样租价还是便宜的呢，而且我们人多还不租的。先生贵姓？你们几个人住的？"

拜云道："我们一共不过两个人，再清洁也没有了。"

张老太笑道："就是你们夫妻住吗？孩子几个？"

拜云、花奴一听这话，心中暗想：啊呀，这可好了，她竟把我们当作两口子了。因望了花奴一眼，不料花奴也在望自己。四目相对，都觉得有些不好意思，红晕着脸忍不住哧地笑了。拜云忙摇手道："张太太，你弄错了，并不是我们两人住。我姓陶，她姓黄，她是我的表妹，这个表妹和姑妈方从内地逃出来，所以我来替她们代找房子。原是姑妈和表妹娘儿俩住的，孩子也没有，你想不是很清洁吗？"

张老太方知自己误会他们是对小夫妻，因也笑起来道："那么这样吧，我这人也喜欢直爽的，你们果然很清洁，我就减去五元吧。"

花奴向拜云衣角一扯，低声道："云哥，这样房金太贵了，二三十元还好哩。"

拜云道："别处房子恐怕没像这里清洁。"因笑道，"张老太，房东要找房客也很难，我们是很规矩的，而且白天里我的表妹又到洋行去办事，只有老太太一人在家里，人又不嘈杂，下面也可以不来打扰。我想四十元怎样？"

张老太见这一对花朵儿般的少年，心里已很喜欢。原来张老太的丈夫也是个银行界人士，膝下没有子女，所以见了年轻美貌男女，她都羡慕，今听拜云这样说，便笑着答应了。拜云因付了二十元定洋，说明天就搬过来，一面请张老太叫用人把房子收拾收拾，情愿出几个酒资。张老太一口答应，拜云和花奴方始告别出来。

拜云笑道："月妹，那张老太真也有趣，她竟当我们是两口子呢。"

花奴噗地一笑，瞧着他红了脸低头不语。拜云笑道："月妹，那么我们该打个电话给永安商场，并叫大衣部把大衣也送到这儿来好了。"

花奴点头道："好的，这时我要回家了，把家中一切先理理舒齐，而且我也得告诉了妈，妈得知这个消息，不知心中要怎样欢喜呢。"

拜云因在商店里出了一角钱，借打个电话，然后和花奴坐车回家。车到蒲柏路，花奴跳下车厢，拜云道："我明天早晨到你那儿来相帮。"花奴嫣然一笑，两人便各自分手。

第二天早晨，拜云急匆匆到花奴家，见一切东西都舒齐扎好，拜云遂叫老虎车载去，一面和花奴娘儿俩坐车到新房子。等他们到后一会儿，永安商场家生也已车到，拜云吩咐吊上楼中。那时老虎车也到，花奴叫这些物件都放到亭子间。大家忙乱一阵，直到午时将近，方才一切安置停当。拜云付了四百元大华银行即期支票，给木器收账员。这时花奴瞧瞧房中一切用具，真是兴奋得了不得。想起到上海足足受了半年苦，今天依然有这样好日子过，真是梦想不到，心中这一快乐，她情不自禁将拜云紧紧抱住了。

第十六回

刻骨铭心娘儿齐感德
嘘寒问暖疼妹药亲尝

拜云突然被花奴紧紧搂住，心中倒是一怔。花奴连叫道："云哥，你正是我的重生父母了。"

拜云笑道："你可要折死我了。"说着，回头又向黄老太笑道，"老太太，月儿的职业也找好了，昨天的事也真凑巧。"

黄老太道："可不是，但说来说去全靠陶先生的帮助。昨晚上月儿真兴奋得了不得，一夜天不曾睡，絮絮地说这样说那样，全都告诉了我。我说陶先生这样的恩德，真叫我们到死也不能忘呢。"

拜云觉得不好意思回答，因不去理会她，只向花奴笑。花奴眉儿一扬，眼儿一转，这一种得意的神气，是更显露她的娇憨可爱，因不自主地握了她手，在席梦思上坐下道："月妹，你今天可乐了。"

花奴的酒窝儿始终不曾平复过，把整个身子全偎在拜云怀里，望着拜云哧哧地笑。纤手轻轻地抚着拜云的肩，真有无限的柔情蜜意。

正在这时，忽见二房东的娘姨陈妈上来道："外面有永安商场送大衣来，说是你们定的，不知有定过吗？"

花奴一听，跳起来道："有的，有的。"说着，便咭咭咯咯连奔带跳地跑到楼下去了。

黄老太笑道："这妮子还一味孩子气。"

拜云笑着没回答，不多一刻，花奴便走上来，手中提着一只大盒子，放在桌上。打开盒盖，把枣红呢大衣取出，披在身上，身子打了个转，笑问黄老太道："妈，你瞧这件式样好吗？"

黄老太点头道："做得很合身。"

花奴乐得嘴儿没有合拢过，只在房中一跳一跳地忙着。拜云道："你穿上别脱了，我们到外面去吃饭吧，时候已十二点多了。"

花奴心中欢喜得肚饿也忘记了，这时候被拜云一提醒，果然腹中叫起来。于是三人关上房门，走下楼去。房东张太太正在用饭，见了三人，便叫这儿便饭。黄老太忙笑道："别客气，我们还有些事。"

拜云一面付足了租金，一面遂陪黄老太娘儿俩出了大门。好在五马路很是热闹，下去一条四马路菜馆更多。拜云走进一家陶乐春，花奴咻咻笑道："云哥，这家菜馆不是你新开的吗？"说得大家都忍俊不禁。

侍役招待入座，拜云拿过菜单，叫黄老太点菜。黄老太道："随便些，我的眼睛比前更不行了，瞧这小小字，好像都在抖似的。"

花奴笑道："我来点几个吧。"说着，拿起铅笔在纸上写了奶油菜心、红烧鱼头，又向拜云笑道，"这是云哥喜欢的吧？"

拜云笑道："一些儿不错，月妹真知我的心。"

花奴瞟他一眼，忍不住噗地笑了，一面又道："现在我点妈喜欢的。干烧鲫鱼，要烧得酥，妈一定喜欢吃。"

拜云道："那么你自己呢？"

花奴咻咻笑道："我点的辣子鸡丁。好了，这几只尽够。"

拜云道："你们喝些酒吗？"

花奴道："我们喝不来，云哥喜欢就喝些。"

拜云道："这四只菜下酒的，我再添了只北京填鸭下饭，这你们一定喜欢的。"说着，回头把点的菜纸交给侍者，道，"这北京填鸭慢些上来，其余要快。再拿瓶葡萄酒。"

侍者答应，一会儿酒菜已端上，拜云倒了两满杯和一个半杯，半杯递给黄老太，说道："小喝些也能活血的。"一杯送到花奴面前笑道，"一杯酒总能喝的。"

花奴含笑点头道："云哥已给我倒好，我不会喝也只好喝了。"

拜云笑道："月妹的酒量一定很好，你诳我我可不信。"

花奴道："真的我不会喝，你怎知我诳你？"

拜云笑道："只要瞧你颊上的酒窝儿，就可知道你是量好的。"说得黄老太也笑起来。

三人慢慢地喝着酒，花奴一杯喝完，娇靥微红。拜云见她好似出水芙蓉，真是美丽已极，因握着酒瓶笑道："月妹，再喝一杯怎样？这酒是不会醉的。"

花奴因为今天是特别兴奋，且又不忍拒绝拜云的美意，因又喝了一杯。拜云还道她是客气，因叫她再喝时，花奴笑道："再不能喝了，我的头脑也有些昏呢。"

拜云道："那么大家吃饭吧，我也不喝了。"

花奴纤手轻轻一拍，笑道："我第一赞成，多喝酒到底伤身子的。"

拜云知道她是不愿自己多喝酒的表示，却不直接劝我，在无意中说了一句，可见她性情的温柔，拜云心中真喜欢得不知怎样才好。三人吃毕饭，拜云付去账，出了陶乐春。

拜云道："你那里我不去了，后天我伴你到海华洋行接洽去。"

花奴握着他手，诚恳地道："今天叫你累忙了，且又累你荒了课，我心里真不安。"

拜云笑道："月妹，我们彼此不再说客气话好吗？大家拿出赤裸裸的一颗心来相待，我们最好像亲兄妹一样。"

花奴笑道："不像亲兄妹，你刚才和房东太太说，我们不是表兄妹吗？"

拜云"哦"了一声，两人都低头会心笑了。

拜云又向黄老太道："老太太，雇一个老妈子，你托下面陈妈好

113

了，她也许有同伴正欲找个东家。"

黄老太点头，拜云方分手回家。

拜云走进小院子，迎面见樱儿出来，见了拜云，便叫道："表少爷，早晨我真吓死了。"

拜云一听，吃了一惊，急问道："怎么啦？家里出了乱子吗？"

樱儿道："萍小姐早晨起来，问我说表少爷到校去吗，我说表少爷一早就到校去了。萍小姐也忙起身洗漱，我端牛奶给她喝时，她只喝了半杯，说有些头疼。我说小姐身上既不舒适，就休一天吧。萍小姐不回答，拿了书本依然到校去。谁知十时敲过，校里同学陈美玲小姐陪萍小姐回来，说小姐病了。我看萍小姐神色不对，急忙告诉老太太。老太太见萍小姐像厥过去模样，一时急得哭起来，后来还是姑太太连忙打电话请西医来打针。"

拜云心中别别一跳，忙问现在怎样，樱儿道："现在总算醒过来了，可是身上却发烧得厉害。刚才已给王椿伯中医诊过脉，现在想已睡着了。"

拜云听了，三脚两步地到了寄萍卧房，里面悄悄无声，鼻中只闻到一阵阵药香。见寄萍仰躺在床上，盖着一条粉绸被，两手却撩出在被外，星眼微闭，云发蓬松，两颊通红。这一副病西施的娇态，在拜云眼里瞧来，更觉楚楚可怜，站在床边，心中无限抱歉，只觉一阵辛酸，那眼泪就夺眶而出。

寄萍好好的怎会生起病来？原来她自从那天在床上偷偷哭了一回，心中从此便郁郁不乐。后来几天中又见拜云老早出外，深夜归来，差不多天天没有见面日子。她想表哥在外面到底玩些什么，这样他自己身子也受不住。昨夜寄萍在小院子踱着步，对天空明月叹一会儿，又淌一会儿泪，积劳成疾，况又受了风寒，因此萍小姐就恹恹病了。寄萍本是个无忧无虑的快乐天使，为了一缕情丝紧缚着自己，所以生出许多烦恼，多半还是为了拜云所致。这时拜云能自知抱歉，为她淌下一滴眼泪，拜云尚不失是个有良心的人。

正在这时，拜云"噢"了一声，轻轻喊道："樱儿，樱儿，倒杯茶来。"

拜云一听，慌忙在桌上倒杯温开水，亲自端到寄萍的口边。寄萍一面喝，一面把被儿掀开，自语道："我真热死了。"

拜云见她身穿月白衬衣，胸口显出粉红的兜子，罩着奶峰，两臂嫩藕似的露着，因又给她盖上，低声道："萍妹，你快别撩着，要受凉的。"

寄萍在模糊中一听这声音并不是樱儿，便忙睁开杏眼，见坐在床边端茶给自己喝的正是拜云，心中又喜又羞，且带有三分怨色，连忙紧抱了被，回转头去。

拜云放下茶杯，温和地道："萍妹，好好的怎么会病了？"

寄萍不语。拜云知她心中一定气着我，心中颇觉难受，便坐在床边，默默地掉下泪来。

寄萍听他好一会儿没动静，因偷偷地回头向他望了一眼，只见他呆呆地坐着淌泪，一时心里倒又软下来，眼角边也涌上一滴泪水，慢慢伸出纤手，去拉拜云衣袖道："你才回来吗？"

拜云忽然听她和自己说话，心中喜欢得破涕为笑，回身将她纤手握住，柔顺地抚了一会儿，微笑道："萍妹，你现在身子觉得怎样？怎的又伤心了？"说着，把手在他颊上抹下一滴眼泪。

寄萍摇头道："并没有什么大病，只不过身子热燥得很。你脸红红的，在外面敢又喝醉酒吧？"

拜云见她又叹口气，心想：萍妹自己病得这样，还替我操一份心，可见她是多么爱着自己。一时心中又感激又伤心，那眼眶子里的泪水不晓得怎样，便扑簌簌地滚下来。寄萍见他哭着，自己更觉伤心，泪如泉涌。

两人默默地哭着，樱儿端着药碗上来，见了这个情形，还道两人在吵嘴，便埋怨着拜云道："表少爷，萍小姐病得这样厉害，你还给她怄气吗？"

拜云一听，连忙收束泪眼，笑道："我哪里敢给妹妹怄气？你快拧把手巾，给妹妹擦个脸。"

樱儿放下药碗，便去拧手巾。拜云接过，亲自透开，在寄萍颊上轻轻揩一把。樱儿道："药已凉了一会儿，萍小姐先喝了药，再喝口米汤吧。"

拜云道："萍妹还不曾用过饭吗？"

樱儿道："早晨也只喝半杯牛奶。"

寄萍摇头道："我一些儿也不想吃。"

拜云端过药碗，吹了一吹道："那么先喝药吧，回头吃片奶油面包好了。"说着，端到寄萍口边。

寄萍道："让樱儿端好了。"

拜云道："我又没有事，端着不一样吗？不知烫不烫嘴。"说时自己先喝了一口，笑道，"一些儿不烫了，妹妹，你快喝。"

寄萍见他这样多情，心中把数日的郁闷早已消去了一半，遂一手攀着拜云，略仰起脖子，把一碗药大口地咕咚咕咚都喝下去。樱儿又端过漱口水，拜云在罐子里剥了粒奶油太妃糖，塞到寄萍口中，笑道："萍妹，吃些甜的吧。"

寄萍眸珠一转，忍不住嫣然笑了。这一笑真是妩媚得可爱，竟把拜云呆住了，暗想：萍妹素来纯洁无知，天真活泼，怎么近来也有些羞人答答的娘儿态了？难道她已懂得男女间的爱情了吗？

这个时候，听外间有人问道："萍儿醒来没有？"

樱儿答道："才醒来一会儿，二汗药也喝了，现在和云少爷聊着天。"

拜云知道舅妈和妈来了，在先迎着出去。果见陶老太和江老太，问拜云什么时候回来，拜云道："好一会儿了。我一听萍妹病着，我就到这儿来了。"

江老太道："谁告诉你的？"

拜云道："樱儿告诉的。"

这时陶老太已到床边，用手摸着寄萍额角，说道："热比早晨是退了许多，这王医生的医理很不错。"

寄萍道："姑妈，刚才我醒来时还很烫手呢。"

陶老太道："萍儿好好的怎么会病起来？想是晚上贪凉受了寒。"

江老太也摸她手，亲热地拿到鼻上来吻着道："樱儿一些不顾的，我为萍儿夜里要茶要水，特地叫樱儿伴着睡在下榻，留心萍儿夜里会不会把手撩出被外。姑太太，你不知道，去年春季里，萍儿还跟着我睡在一处呢。"

寄萍听她妈说出这话，把眼向拜云瞟来，见拜云正在抿了嘴笑，心里好生难为情，连忙别转头去。

陶老太道："萍儿身材生得高些，论她年龄实在还小哩。"

这时樱儿已端上粥汤和罐头笋片、福建肉松，说已下午四点钟了，萍小姐多少该吃些。江老太道："你放着。姑太太，你递只枕儿来，让萍儿靠着，妈来喂你吃些。"

陶老太忙从床后拿过枕儿，寄萍并不回过脸，朝里说道："我真的不饿。"

拜云听她这样说，知道她害羞，也许我走了她会吃的。拜云想着，便走出房门，到自己书房里理一会儿课本。时候不觉已经六点，仆妇林妈便来请吃饭。拜云把书本合拢，走到饭厅，见舅爹也已在座。拜云因叫了一声，紫若和他谈些时局情形，陶老太、江老太饭毕，先回上房梳洗。紫若是个抽大烟的人，拜云不便和他多谈，遂也自行走开。

匆匆又到寄萍卧房来，只见寄萍一个人靠在床上看书，拜云道："樱儿呢？"

寄萍一见拜云，慌忙把书向枕下一塞，含笑道："樱儿我叫她去吃饭。云哥用过吗？"

拜云点头道："我也吃过，萍妹太用功了，怎么病中还瞧书吗？"说着，已到床边坐下。

寄萍红着脸道："瞧一会儿小说解闷。"

拜云道："是什么小说?"说着，便要向枕下去抽。寄萍不允，但是拜云下手很快，已经抽了出来，见是一本《红楼梦》，不觉"哦"了一声。寄萍躺下身子，咯咯一笑，早已躲到被窝里去了。

第十七回

为郎憔悴效颦羞说病
恐尔怀疑托故暂离身

拜云心想：怪不得萍妹近日也懂得儿女的情爱了，原来都是被这一类小说熏陶所致的。再一瞧书中，寄萍正看到黛玉卧病，宝玉前来看望之处，心里倒又好笑起来，这难道是我们现在的写照吗？萍妹与黛玉相比，尚还说得过去，我自比宝玉，那可有些不好意思。

寄萍听拜云悄悄的一些儿声音也没有，还道他已走了，遂在被中又探首出来，却见拜云呆呆对着书本出神，因忍不住笑问道："云哥，你干吗呆住了？"

拜云回头望着她笑道："萍妹这样工愁善病，真要变成《红楼》中的颦儿了。"

寄萍红着脸道："你怎么知道我是多愁的人呢？我一不愁吃，二不愁穿，还愁什么？"

拜云哧哧地笑道："你是愁着宝哥哥恐怕给宝姐姐抢去呢。"

寄萍啐他一口，笑道："云哥，你再胡说，我可告诉姑妈去，不叫姑妈捶你！"

拜云一伸舌头笑道："萍妹才好些，就这么厉害了吗？这可不得了，我的好妹妹，请你别告诉，就饶了我这一遭吧。"

寄萍向他呸了一声，掩着被忍不住又哧哧地笑了。拜云见她已没有病了的模样，心里十分愉快，放下《红楼》书本，轻轻地走到床边坐下，把手伸到被窝里去呵她痒。寄萍嗔道："云哥，你再这样，我可恼了。"

拜云笑道："那么你快伸出头来呀，我和你说话呢。"

寄萍把两手撩出，按了按被，扣在自己的脖子下，云发蓬松，两颊微晕。拜云轻轻理着她的头发，笑着道："萍妹，你现在可大好了？"

寄萍听他这样说，自己一想，也觉不对。我是一个有病的人，岂能显出这样高兴模样？便眉儿一扬，眸珠一转，笑道："所以我是不像颦儿，因为我装不出多愁多病的样儿。不过我现在真已好了许多，我热也完全退了。"

寄萍说着，把自己纤手去按在额上。拜云听了，便俯下头去，将脸去偎着她的颊，寄萍并不躲避，两人亲热地温存一会儿，拜云道："萍妹总要想明白些，你太用功了吧，这次病后，该好好散一回心了。"

寄萍听了这话，一时心中又觉辛酸，暗想：我这次的病完全是为了你，你却误会我太用功，可见你仍一些儿不知我的心。几星期来，天天怎么晚回来，究竟是在哪儿玩呢？我想这时问问他，但叫我又怎样问得出口呢？寄萍想到这里，那泪又簌簌落下来。

拜云觉得自己颊上有些湿润，因忙望她一眼，说道："咦，你怎么啦？好端端的又淌泪。"

寄萍默默地并不回答，拜云因拿方手帕给她拭着，一面又劝着笑道："才这样高兴，这时忽又伤心了，你还气着我吗？"

寄萍听他说出这话，心中又想：他怎么知道我心中气着他呀？这样说，他不是也有些明白吗？这时寄萍倒又害起羞来，因为他这话中，好像自己是和他闹着气，闹气的原因，是他到外面和别的女同学去玩儿，那我不是……想到此，因忙说道："云哥，你这话好生奇怪，我气着你干吗？"

拜云笑道："我觉得你有些和我生气。萍妹，现在我向你赔不是，你要打要骂，凭妹妹怎样处罚，我只不敢哼一声。但是妹妹你千万不要伤心才好。"

寄萍见他这个模样，不禁破涕哧地一笑，把手指在粉颊上划了划，瞅着他笑道："亏你说得出，我瞧你羞也不羞？"

拜云笑道："羞什么呢？反正只有妹妹一个人知道呀。"

寄萍回头道："你是个老脸皮，我也不同你说了。"拜云忍不住笑了。

第二天下午，拜云没有出去，伴在寄萍的床边说笑着，这不但使寄萍心里感到万分的安慰，就是江陶二位老太心里也是喜欢得紧。

第三天下午，是约定和花奴一同到海华洋行去的，所以拜云虽然是坐在寄萍房中谈天，心里却十分焦急，想用什么方法我才能脱身去一次呢？许久，好容易给他想出一个计策，便笑着对寄萍道："萍妹，现在天气渐渐暖和了，你要不添些什么用品？"

寄萍想了一会儿道："上月爸爸给我买来半打丝袜，都已不能穿了。我早想去买的，不料前天就病了。"

拜云道："那么今天我替你去买好了。还有帕儿、鞋儿，要不也添些？"

寄萍笑道："帕儿倒要的，鞋儿不要，前儿妈妈给我买两双，一双还没穿破，姑妈又给我买两双，我一些儿也不曾穿过呢。"

拜云道："你真也太做人家了。鞋子穿到一个月，便换一双新的。我瞧你这双鞋子差不多有三个多月了。"

寄萍道："我又不常出去，鞋子要穿破它可就真难。你说我做人家，倒也并不是，好好的鞋一双双丢了，不是太不爱惜东西吗？"

拜云点头道："妹妹这话原也不错。我想像妹妹这样的女子，在现在社会上就很难得呢。"

寄萍瞟他一眼，笑道："云哥说到后来，总是和人家开玩笑的。"

拜云道："我是真话，并没有给你戴高帽子。"

寄萍抿了嘴哧哧地笑，拜云站起道："那么此刻我就给妹妹去买怎样？"

寄萍道："我是并不要紧的，过几天也没关系。今天天气怎样？外面有风吗？"

拜云道："今天很暖和，你瞧窗外的阳光，热烘烘地晒在身上多适意。"

寄萍道："虽然暖和，但你大衣是仍要穿去了。"

拜云点头道："我理会得。萍妹，你只要等两三个钟点好了。"说着，便出了她的卧房，取了大衣，挽在臂上，匆匆到花奴家里去了。

在路上，拜云心里想：月妹也有许多日用品没备好，我何不就此买去？因此拜云先到丽华公司，手帕部、袜子部、内衣部、化妆部，每一部里一式地买了两份，叫他扎好，一包暂存在公司里，一包他夹着便到群乐里去。

到了花奴的家，只见她们正在洗脸，一个老妈子收拾碗盏。花奴见了拜云，便连奔带跳地走上来，笑道："云哥，你还不曾用过中饭吧？"

拜云握了她手笑道："已经一点多了，我是早吃过了。"

花奴笑道："今天我们饭是特别迟些。"说着，便让他坐下。

老妈子忙来倒茶，拜云道："是不是楼下陈妈介绍来的？"

黄老太道："是的，她姓徐，是陈妈的同乡。"

拜云点头道："这样很好。"

花奴指着那包东西道："这是什么东西呀？"

拜云笑道："你试猜猜看。"

花奴微咬着嘴唇，露出一排雪白的银齿，点了点头道："这是丽华公司的包皮纸，想来总是衣料化妆那一类东西吧。"

拜云伸手把她手握住，咯咯笑道："月妹真是个聪明人，一猜便着。你快透开来瞧吧。"

花奴眉儿一扬，掀着酒窝儿咪地笑道："可不是！"

拜云见她乐得两手两脚差不多要舞蹈起来，因也只望着她咪咪地笑。花奴这时已把纸包透开，见里面尚有四五盒精美方盒，花奴一盒一盒打开，只见有绢帕，有皮夹，有丝袜，有香水、雪花膏、梳子、生发油、指甲油、蔻丹……一切都舒齐了。花奴跳了跳脚，向拜云望着笑道："这些全都给我的吗？"

拜云道："不给你还给谁？你瞧瞧还短少了什么？"

花奴笑道："我还不曾瞧完呢。"说着，又把另一盒打开，却是几条绸带，两端都钉着软绳，心里倒是一怔，想这做什么用？拿起盒盖一瞧，见写的是卫生带，旁边尚有两卷棉花，上写幸福棉。花奴这才理会过来，一时羞得两颊通红，想云哥真也想得太周到了，这样体贴多情，叫人真觉有些羞人答答。回过头去偷瞟他一眼，拜云却并不注意，自管和黄老太聊天。

花奴暗暗噗地一笑，连忙把这盒盖上，笑向拜云道："谢谢云哥，又叫你花了不少钱吧……"说到这里，忽又"啊"了一声道，"我说错了。"

黄老太和拜云都问道："怎么啦？"

花奴道："云哥关照我不要和他客气，我怎的又客气了呢？我说谢谢，不是说错了吗？"两人也都笑了。

黄老太道："这妮子多淘气。"

拜云望着她哑声儿笑，花奴不好意思道："云哥，你尽向我笑干吗？"

拜云"咦"了一声道："你不瞧我，你怎样知道我瞧你呀？"

花奴听了，更加不好意思，红了脸逃下去了。一会儿又上来道："云哥，我们可以走了吗？"

拜云一瞧手表，已两点十分，因道："差不多了，月妹，你快打扮起来吧。"

花奴扭着身子，笑道："不，我这样就行了。"说着，把桌上堆着的盒子都搬进玻璃橱里，又取出枣红呢大衣，两人告别黄老太，便坐车到海华洋行去了。

到了海华洋行，先递给一张卡片，侍役拿了进去，不多一会儿，只见季玉匆匆出来，笑着道："两位来了吗？我是等候许久了。"说着，便向拜云握手，又向花奴点头。

拜云连说："对不起得很。"

季玉道："哪儿的话？家叔这时颇忙，我们且到会客室去坐会儿。"

于是三人到了会客室，侍役端茶送烟，大家谈了一会儿，只见门外走进一个中装男子，年约四十左右，脸儿十分丰腴，手指上戴着一粒黄豆大的钻戒，嘴里衔着雪茄。季玉一见，便即站起，向拜云、花奴介绍道："这就是家叔。"一面又把花奴、拜云也介绍给潘士民。

拜云、花奴因行了个礼，士民请两人坐下，满脸笑容道："对于密司黄的事，季玉已对我说过。我瞧密司黄虽不曾办过事，学识一定是很好的，况且又是密司脱陶的令亲，当然可以成功。好在敝行工作并不吃重，想密司黄定能胜任。"

花奴微笑道："诸事还需潘老伯指教才好。"

士民笑道："别客气，别客气。"

拜云道："舍亲对于商界情形，真的并没什么经验，有什么不懂的地方，正在老伯指教。"

士民道："说哪儿的话，这个理所当然。我想密司黄是很聪明的，只要一个星期办过，行中各事便能一一明了了。现在我瞧准定明天来行办事怎样？"

花奴含笑点头，士民便自回买办室去。季玉道："家叔的意思，对于密司黄的月薪准定算六十元，日后办事努力，自当随时增加。"

拜云一口答应，握了他手笑道："全仗老兄大力，不知用什么礼物来谢谢你才好。"

季玉笑道："我们彼此好朋友，闹什么客气？"

拜云道："这时你有没有空？"

季玉道："你真的不用客气，我领你的情就是了。"

拜云、花奴只得和他分手出来，两人见事已成功，心中万分欢喜，花奴道："云哥的大恩，真叫我报答不了。"

拜云笑道："你怎么又来这一套？我现在尚有些事，不送你回家了。明儿早晨我再来伴你怎样？"

花奴道："云哥有事只管自便，我想明儿早晨云哥也不用伴我了，因为我不愿你为我又荒了课。"

拜云见她紧握自己的手，十分恳切地说，心里十分感动，笑着道："那么星期六我来望你吧。"

花奴点头道："好的，那么我这时回家了。"拜云便给她讨辆人力车，目送她去远，方始匆匆又到丽华公司去取了货，急急回到江公馆去。

只见寄萍向床里躺着，一听皮鞋声，便急回过头来，一见拜云夹着这么一大包物件，便笑问道："云哥，你买些什么回来呀？"

拜云一面脱了大衣，一面笑道："什么都有，我一时也算不了，还是妹妹自己瞧吧。"

寄萍听了，很是兴奋，便从床上坐起，笑道："你快拿过来。"

拜云忙拿到床上，两人把纸包透开，拜云一盒一盒给寄萍瞧。寄萍瞟着他道："我是素来不喜欢装饰的，你怎么给我买了这许多化妆品呀？"

拜云道："从前不喜欢装饰，我知道现在萍妹一定是喜欢了。"

寄萍眼皮翻了翻，道："云哥，你怎么知道的呢？"

拜云把手指扳起来，笑道："我这么一算，萍妹心中的事情全都给我算出来。"

寄萍轻轻拍他一下，忍不住哧哧地笑。拜云道："可不是？我猜中了你的心吧？再过两年，萍妹就更喜欢了。"

寄萍道："你别胡说，我一定不要这些。"说到这里，忽又欲跳下床来道，"今天我已完全好了，我要起来了。"

拜云知道她心中一定十分快乐，口里原是故意说的，因忙按住她道："你明天起床吧，别又乏了力，那可不是玩的。"

寄萍只得又躺下来，心想云哥待自己原不错，也许自己多心，错怪了他。从此寄萍便仍快乐如常，不过把她一片童心，却完全都变成了羞答答的处女态了。

花奴这天回到家里，把这事告诉了她妈，黄老太听了，当然亦很快乐。第二天早晨九时，她便匆匆到海华洋行。她办公房门原和潘士民一处，士民殷殷地指点给她知道，一面嘱她坐在自己旁边的一张写字台上。花奴从此便在海华洋行服务了，天天按照时间回家，虽然士民曾有几次请她吃饭，却被她婉言谢绝，每星期日只和拜云到公园散散步，或者去瞧一回电影。这样的生活，真是只羡鸳鸯不羡仙了。

第十八回

劫后花娇罡风侵未已
夜凉歌罢烈焰烛长空

光阴似流水般地过去，早又到了红了樱桃、绿了芭蕉的长夏天气。这是一个天高气爽的早晨，太阳刚从东方慢慢升起，蔚蓝的天空反映着几朵彩色的云霞，时辰钟当当地已敲了八下，那室中床上躺着一个少女，却犹沉沉地酣睡。只见她云发蓬松，脸似芙蓉，眉如远山，两眼微闭，把长睫毛连成一条线。身穿月白衬衣，酥胸半露，盖着一条绝薄的纱被，两臂撩在一旁，一手还抱着被角。朝阳照着她的脸儿，嘴角边显出一丝笑意，这副娇懒的睡态，真令人陶醉。

这时房外就有个老太太走进来，自语着道："这懒丫头，已经八点钟了，怎么还没醒来？"

正说时，忽听那少女"嘤"了一声，两手揉着眼，问着道："妈妈，什么时候了？"

老太太道："已八点钟了，月儿快起来洗漱，吃了点心到行里去。"

花奴一听，连忙起身，在橱里取出一件淡妃色乔琪纱旗袍。徐妈已把脸水端上，花奴匆匆洗毕，黄老太道："月儿，这几天你咳嗽有好些吗？晚上我听你还要咳好几次呢。"

花奴道："我在行里却不曾咳嗽。"

黄老太道："每天吃杯豆腐浆，到底也有些效验。"

花奴道："前天云哥要叫我给医生瞧瞧，说会不会肺病，我说大概晚上贪凉，所以伤风了。肺病那还了得？"

黄老太道："但是饮食方面你自己应得小心才是。"

花奴点头，一面喝了豆腐浆，吃两片面包，徐妈给她擦好皮鞋，花奴换上，说声"妈我走了"，便出了群乐里，坐车到海华洋行去了。

推开买办间，时钟正打九下。潘士民还没有到，花奴在自己案桌前坐下，侍役来拧手巾倒茶。花奴喝了一口，心中暗暗地想：我到这儿办事差不多已有四个多月，潘买办对我另眼相待，月薪已加到八十元，这真使我庆幸十分。但他所以这要看重我，究竟是否有另外的作用，现在却还不能知道。不过只要自己尊重人格，外界一切引诱是不怕的。记得我初来办事时，行中大小职员对于自己似乎带有神秘的态度，以为女书记只不过大班间中一只花瓶罢了。但是几月来，自己办事的能力和冷若冰霜的态度，使行员们知道我到底不是个平凡的女子。所以一个女子在外面做事，为什么会得不到男同事的尊重，这并非完全是男子的不是，实在由于女子自己轻浮所造成。大半女子在外面办事，第一不遵守时间，第二公事求男同事帮忙，第三甚至于在办公室涂脂抹粉，这样怎不要给人家称为花瓶呢？女子在社会上和男子要高喊平等，实在非女子自己先来提高人格不可。但回瞧目前中国社会的女子职业，真是令人无限扼腕。

花奴正在默默地想，忽听门声一响，从门外进来了个人来，正是潘士民。今天他穿了一套笔挺的派力司西服，头发梳得光可鉴人，胡须刮得精光，瞧过去谁也猜不到他是个四十多岁人了。见了花奴，便即笑道："密司黄，你早。"

花奴忙也叫声潘老伯早，士民在写字台旁坐下，侍役忙来倒茶，这时又走来一个陆科长，手中拿着电报，走到士民桌边，躬身笑道："潘大班，这是美国中信洋行来电。"

士民一面接过，一面拿起一支雪茄，衔在嘴里，陆科长慌忙取过火柴，替他燃了火。士民吸了一口，点着头道："你知道我们货物几时可以出口？"

陆科长道："本月底一定可能了。"

士民道："我答应他们本月底可以货到，现在还只能够出口，那么我们信用不是要失掉了吗？"

陆科长道："现在各路交通实在不便，我是再三曾电催他们过了。"

士民把雪茄向烟盒上一搁，瞪着眼道："这事你非得赶紧去办不可，误了我事，那可不行！"

陆科长吓了一跳，忙退后一步，连连道："这事我立刻再去相催，能够早日出口，那当然是更好了。"

士民不语，陆科长便回身退出。不料才跨出门一步，士民又大喊回来，陆科长急忙又回转身来，侍立一旁。士民道："极迟二十五日之前，货物要出口的。"

陆科长不敢违拗，连称是是，忙退了出去。

士民等他走后，便把那电报递给花奴，满面含笑道："密司黄，请你答复一个电报，说下月十五日，货物一准可到。"

花奴接过，便簌簌地拿笔在纸上起处稿，交与士民瞧。士民看了一遍，点头笑道："这样很好。"

花奴因用打字机打了一张，一面心中暗想：我道这货物是非常要紧，他回电中却仍说下月十五日，那么何苦又向陆科长发威为难他呢？这大概就是买办的架子吧。花奴想着，又觉十分感慨，一面又按铃叫侍役把电报打出。

两人默默地瞧一会儿报，士民向花奴搭讪道："密司黄，昨天大美酒家开幕，听说备有各式新鲜点心，我想午前请你一同去吃些，不知你肯赏我一个脸吗？"

花奴听了，心想：他屡次被我拒绝，今天若再不答应，恐怕人家要不高兴，对于自己的地位也怕发生了动摇。况且他究竟是个四十多岁的人，我只把他当作长辈看待，难道他还能够有无礼的举动吗？

花奴这样一想，于是抬头答道："屡次承潘老伯美意，我却总不曾有空。今天本来亦有些小事，但既承邀我，我把那边的事只好丢开了。"

士民听她说得这样委婉，心中十分快乐，笑道："密司黄真好难请到，今天我的面子也不知怎么大呢！"

花奴忙道："这是哪儿的话，你真太客气了。"

士民吸口烟，望着花奴出了一会儿神，问道："密司黄是生长北平吗？"

花奴点点头，士民道："那么密司脱陶呢？他好像不是北平人。不知你们是什么亲戚？"

花奴暗想：这事要你问什么？因眸珠一转，道："他是南京人。他的爸爸是我的舅父。"

士民点头笑道："原来你们是表兄妹，好得很……"

花奴见他这样说，心中倒颇觉不好意思，红着脸低头不语。大家默默地不说话，直到时钟打了十二下，士民方站起道："密司黄，我们一同走吧。"

花奴因为已经答应了人家，只得随他走出买办室。汽车早在门外侍候，士民让花奴先上汽车，吩咐开到大美酒家去了。侍役接入楼上，士民拣了一间静雅单座，侍役泡下香茗，问吃饭还是吃点心。士民笑向花奴道："密司黄说吧。"

花奴道："我不客气，既已吃饭时候，我们就吃饭吧。"

士民拍手笑道："不错，但是我们尽吃饭没有意思，先稍喝些酒怎样？"

花奴摇头道："这个谢谢老伯，我是真的不会喝。"

士民笑道："那么少喝些是不要紧的。"说着，遂吩咐侍役拿瓶葡萄酒，并点了六只酒菜，另外加了道广东名菜龙虎斗。一面又握

130

起茶壶，向花奴筛了一杯，花奴忙道了谢。

士民笑道："密司黄，我们在行里办事，须要认真，到了外面，彼此都是朋友，大家可以不必客气，我们还是随便些吧。"

花奴含笑不答。一会儿酒菜上来，士民满满给她倒杯酒，花奴道："潘老伯，我真的不会喝，还是你自己多喝几杯吧。"

士民道："那么一杯量总是有的。我既已给你倒了，就请你赏我个脸。"

花奴"啊呀"一声道："潘老伯，你这样客气，我可不好意思了。"

士民笑道："密司黄，那么你也太客气呀。我说大家实惠些，你如真的喝醉了，我就送你回家。"

花奴被他这样一缠，再也推不脱，因微笑道："那么我只能喝一杯的。"

士民笑道："准定不叫你喝两杯，那总好了？"

花奴嫣然一笑，方举起杯子喝了一口。士民心中大乐，便一连地自己先喝了三杯，向花奴道："密司黄，你瞧，我一会儿就是三杯，你怎么半杯还没喝去吗？"

花奴道："潘老伯酒量好，是该多喝几杯，像我就不行了。"

士民涎着脸道："密司黄，我请求你件事，不知能答应我吗？"

花奴一怔道："什么？"

士民道："我现在虽然是个四十左右的人，但瞧起来实在还并不十分老。你若一味地只叫我老伯，那我不是被你越叫越老了吗？"

花奴听了忍俊不禁，因抿嘴道："论年龄你是我的长辈，我不叫你老伯叫什么呢？"

士民忙道："这个我不敢当，而且我也没有福气有像你这样的一位佺小姐。新法的叫我一声密司脱潘，要不然就叫声潘先生得了。"

花奴含笑不答。士民一面喝酒，一面又笑道："密司黄，你以为除这个称呼外，尚有更贴切的称呼叫我吗？"

花奴听了这话，把脸一沉，冷冷说道："那么只有潘老伯一个称呼了。"

士民见她艳若桃李，心里实在是爱得了不得，但她那副冷如冰霜的态度，令自己又觉得有些害怕。听她这样说，直佩服她的聪明，一时故意哈哈狂笑起来。花奴见他这副丑态，心里实在很不高兴，因推说头疼，酒饭索性都不吃了。

士民慌忙去握她手道："怎么好好的头疼了？有什么不舒适吗？"

花奴连忙将他手一摔，站起道："对不起，我头疼得厉害，下午不能到行了，请半天假，请我回家去休息一会儿。"

士民见她突然这个模样，知道不能挽回，因道："那么我送你回家吧。"

花奴道："不用了，谢谢你，咱们明儿见吧。"说时，便自管自地急匆匆回家去了。

士民待她走后，呆呆地站了一会儿，握着拳头，狠命地在自己额上敲了两下，自骂道："蠢才，蠢才，好容易约她出来了，你却冒失鬼似的冲撞了她。唉，你性急什么呢？"

士民一边说，一边把桌上那瓶葡萄酒拿起，瓶口对准了嘴，咕嘟咕嘟地向肚里直倒。这时那只龙虎斗菜才上来，士民哪里还有心思吃饭，付去菜账，立刻坐车到维也纳舞厅跳舞去了

花奴一肚子的气闷，回到家里，黄老太见她闷闷不乐的神气，忙问道："今天不是星期六，你怎么这时回来了。"

花奴道："我有些头疼，告着假回来的。"

黄老太听了，忙把她拉入怀内，摸着她额角道："那么快躺会儿，你既有些头疼，早晨就不该到行去了。"说着，又望着她道，"你的脸怎么红红的？你觉得发烧吗？"

花奴想，我又不能和你说是喝过酒了，因道："不要紧的，妈妈，让我躺会儿就好了。"说着，便睡到床上去。

黄老太给她盖上了被，坐在床边，轻轻替她敲着头。花奴道：

"妈妈，你不吃力吗？不用敲了……"说到这里，又连连咳嗽起来。心中暗想：社会总是黑暗的，人心总是险恶的，想不到活了这一把年纪的人，尚是如此无赖呢。

花奴想了一会儿，倒真的睡着了。等她一觉醒来，已是黄昏将近，听得房中有人谈话，因忙睁眼一瞧，原来正是自己的云哥。只见他身穿白哔叽西服，上褂却已脱了，里面白纺绸衬衫，大花点领带，和自己妈聊着天。因从床上跳起，笑叫道："云哥，咦，你多早晚来的呀？"

拜云见花奴醒来，连忙走到床边，握着她手道："不多一会儿，我听你妈说你有些头疼，不知现在可好些了？"

花奴眸珠一转，笑道："好了，我原没有什么，不过乏力了一些。"

拜云道："你如果懒得到行里去，只管在家里玩儿几天好了。我们原不靠他几个薪水，只不过给月妹出去散心的。"

花奴含笑点头，一面跳下床，一面叫徐妈拿上两瓶汽水，亲自开了，倒一杯给拜云。拜云接过道："月妹，你能喝吗？"

花奴被他提醒，一时红了脸笑道："那我就不喝了。不过我这人太怕热，你瞧我满脸是汗呢。"

拜云道："你要不去洗个澡，我是从外面洗了来的。"

花奴道："你晚饭这儿吃，我一会儿就来。"说着，便到亭子间洗澡去。等花奴兰汤浴罢，徐妈已开上饭、拜云见她已换了一件湖色纱旗袍，娉娉婷婷，真好像出水芙蓉那般艳丽，因笑着道："月妹，我们快吃了饭，到兆丰公园乘凉去。"

花奴道："我们还是到丽园去吧，那边有清溪，有垂柳，风景很好。"

拜云道："那么准定到那边去。"说着，两人匆匆用毕晚饭，黄老太嘱他们早些回来，两人答应，遂驱车前往。

丽园中游人如织，大半都是对对情侣携手偕行。拜云、花奴坐在溪旁一枝柳树下，抬头着天空中一轮皓月，真是无限皎洁，映在溪水当中，晚风吹掠水面，水波微微荡动，好像万道银光在水中吞吐。

拜云回头望着花奴笑道："月妹，你瞧这个明月是多么纯洁可爱呀！"

花奴瞟他一眼，却含笑不语。拜云抚着她纤手，偎着她娇脸，嘴里轻轻道："月儿呀，你好像是我的灵魂，我没有了你，我就不能生活。你又好像是我的明灯，我没有了你，我就要堕入黑暗之途。亲爱的月儿，我们必须携着手一起走，我不离你，你不离我，向前进。"

花奴听完他的话，"嗯"了一声，忍不住又哧哧地笑了。拜云道："月妹，你听我这一支歌编得怎样？"

花奴把整个身子全靠在拜云怀里，微抬起头道："编得不错，云哥真是一个音乐家。"

拜云笑道："那么月妹也编一支给我听听。"

花奴笑道："我编不来的。"

拜云道："那么随便什么唱一曲怎么样？"

花奴想了一会儿，笑道："好的，我来唱一曲《凤求凰》好吗？"

拜云拍手道："再好没有，我给妹妹合拍子。"

花奴嫣然一笑，便轻声唱道：

> 花儿正好，月儿正圆。人儿正媚，意儿正绵。
> 啊，多情的人儿啊，别再迟延。
> 灯儿正暗，歌儿正甜。夜儿正静，心儿正悬。
> 啊，有心的人儿啊，勇敢向前。

拜云听罢，连连笑道："唱得真好，唱得真好。月妹，你这歌声正是可称珠圆玉润了。"

花奴啐着他笑道："云哥又要取笑我了。"

拜云见她娇靥红晕，酒窝深印，眼儿如水，真是妩媚极了，情不自禁，便低下头去，在花奴樱唇吻了一下。花奴万分娇羞，忍不住又哧哧地笑。两人喁喁情话，直到十点敲过，方始出了丽园。拜云先送花奴回家，花奴还要叫拜云到家里去坐一会儿，拜云道："我明儿来吧。"说着，两人握手分别。

拜云吩咐车夫开到吕班路去，汽车到蒲柏路时，只见前面天空中一片火光，车夫回头道："车子不能过去，前面失火了。"

拜云听了，便付去车资，跳下汽车，只见半空中火光融融，救火车连绵，中西探捕阻止交通。拜云吃了一惊，连忙飞步赶上，只见火烧的正是江公馆，这一惊真是非同小可。拜云连忙奔上前去，在黑夜里见一个女子，正欲向江公馆里蹿进去，一个西捕却将她拦住不放。拜云见正是表妹寄萍，因高喊道："萍妹，舅妈和我妈呢？"

寄萍一见拜云，便猛可将拜云抱住，放声大哭道："云哥，我爸妈和姑妈都被火烧死了。"

拜云听了这话，好像一个晴天霹雳，顿时两眼昏花，便翻身跌倒地上。

第十九回

满目凄凉火中悲风木
只身漂泊海上泣孤雏

花奴回到家里，黄老太还在乘凉，见花奴一跳一跳进来，因笑道："陶先生呢？"

花奴道："他也回家了。妈还没睡吗？"

黄老太道："天闷得很，也睡不着。你身子有没有什么？"

花奴道："没有什么。"

黄老太道："你如懒得去办事，就快活几天也不要紧。"

花奴在妈身旁坐下，点头道："我明天是不到行里去，起码住他三天。"

黄老太听她这样说，原不知道她是为了什么原因，只道她是十足孩子气，好像从前在校里读书一样，不高兴了就赖几天学，所以并不理会，只笑了笑，抚着她发儿道："月儿，你饿了没有，下午煮的熟绿豆汤现在一定凉透了，要不拿碗来吃？"

花奴纤手按在小嘴儿上打哈欠，笑道："我就要睡了，吃了怕积食，明儿早晨当点心吧。"

黄老太道："那么你站起来，我给你铺被去。"

花奴扭着身子，"嗯"着道："妈妈，你身上给我靠一会儿不肯吗？"

黄老太笑道："这么大了，还说这话，真是淘气。明儿妈还要给你吃奶哩。"

花奴咯咯一笑，便从黄老太身怀坐起，走到梳妆台前去了。黄老太给她铺好一条纱被，自己便在下首一张克罗米床上去睡。原来天气热了，两人睡在一起，很不舒服，所以又添张床分睡。花奴纤手向黄老太一招，说声"妈妈晚安"，便自睡去。

次日睡来，已经九点钟敲过。徐妈送上一张时报，花奴接过，只见第一版上几个大红字道：

吕班路上大火。江公馆住宅尽毁，死一男两女。

花奴大吃一惊，一颗心别别乱跳，一面忙又瞧下去：

昨夜霞飞路吕班路一〇四号江公馆，系中华银公司会计主任江紫若住宅，于九时四十五分，厨房内忽然起火，迨发觉已十时零二分，当经门役急报嵩山路救火会，驱车驰往施救。时火势已冒穿屋顶，救火员虽尽力灌救，无如势已蔓延，一时颇难扑灭，以致紫若夫妇与其妹陶老太因楼梯被毁，三人均由救火员奋力从窗口救出，虽未葬身火窟，乃焦头烂额，受毒已深。当由其女及甥车送太和医院救治，不久均气绝身死。闻已停尸上海殡仪馆。紫若先生一生清高，且又热心公益，此次突遭惨祸，亲朋闻之，无不痛惜。住宅虽保有火险，但一片焦土，见者莫不恻然云。

花奴瞧完这段新闻，不觉花容失色，大叫"啊哟不好了"。黄老太忙问瞧见了什么，花奴一面起身，一面慌张着道："妈，云哥家里昨夜火烧了呀！"

黄老太"啊"了一声，竟呆了起来，一会儿又急问救熄没有，花奴眼皮儿一红道："不但住宅全毁，连他妈和舅父母也都烧死。"

黄老太听了这话，顿时浑身乱抖，呆若木鸡，淌下泪来道："陶先生这样好心眼，竟会遭到如此不幸的事。唉，天老爷实在太残忍了呀。"

花奴并没回答，立刻洗漱完毕，换上了一件黑纱旗袍，里衬黑纱衬衣，黑丝袜套上黑漆革履，也不吃早点，向妈妈说道："现在他们都在上海殡仪馆，我就去瞧云哥。可怜云哥这时不知如何伤心呢！"说到此，泪已滚滚落下，不及黄老太回答，已出了房门，急急坐车到上海殡仪馆去。

只见馆前已在悬素彩，这些办事人员都是中华银公司的职员，江紫若在日，对于行中同事和蔼可亲，平日间感情极好，且为人又慈善成性，救人急难，无不尽己之力，所以生前并无十分产业，只不过各界中博得一个名誉罢了。他的住宅地产本是向美利地产公司租来的，十年前建造这座洋房花了五万元钱，这仅仅的一座住宅，就是他几十年来一些产业。谁知现在付之一炬，死下来依然两袖清风。所以行中行员得知这个消息，都无不同情痛惜。副主任李琴生和他更为莫逆，现在馆中大小诸事都由他料理一切。拜云和寄萍曾三度晕厥，幸校中同学都前来看护安慰。

这时花奴走到大厅，只见迎面走来一人，正是潘季玉，他抢上一步，向花奴叫道："密司黄，这次密司脱陶家中遭此火灾，真令人意想不到。你怎么得知的？"

花奴道："我从报上瞧见的。密司脱陶呢？"

季玉道："他现在躺在里面，说也伤心，他竟晕厥三次呢。"

花奴听了这话，眼皮儿一红，正欲向里进去，忽见又走来一个女子，身穿鹅黄乔其纱旗袍，粉红丝袜，淡黄麂皮革履，婷婷走来，向季玉道："密司脱潘，你怎么不到外面去招待，待在这儿干吗？"

季玉笑道："你不瞧我招待一个密司黄来了吗？"

花奴听他这样说，便停住步，向那女子点头。那女子正欲向她动问姓名，季玉上来介绍道："这位就是密司脱陶的表妹密司黄花奴，这位就是密司脱陶的同学密司韩倩倩。"

两人听了，握了一阵手，略谈几句。花奴心中记挂拜云，就自向里间进去。倩倩瞧不见了她后影，方回头向季玉问道："这位密司黄真的是密司脱陶的表妹吗？"

季玉耸着肩笑道："怎么不是？我老实告诉你，她还是他未婚妻呢。"

倩倩一怔道："这你怎么知道得这样详细？"

季玉把她手轻轻一拉，到静僻地方，轻声笑道："我是早就告诉过你，你偏不信，现在你可相信我了？"

倩倩道："也许你骗我。"

季玉道："刚才你瞧她模样就好明白了，拜云这小子是个负心薄情人，看你待他多么好，可是他一些儿不放在心上。我是早已知道了，所以屡次劝着你，你以为我妒忌他，偏不要听我话。现在我索性告诉你吧，拜云曾对我说，像你这种女子最不要脸，当初我听了，着实替你气着呢。"

倩倩听了他这几句话，一时气得粉脸通红，由红转青，恨声道："你这话可真？"

季玉满心欢喜，冲口道："我骗你必不得好死。"

倩倩呆了半晌，拉着他手笑道："我气他干吗？算我瞧错了人。其实我也不怎么需要他呀。"

季玉紧捏她手笑道："那么我呢？你仔细地想，几年待你的情，哪一样不真？"

倩倩嫣然一笑道："别说这些话了，这种死人的地方谁高兴在着，我们走吧。"

季玉笑道："不错，这小子一副鬼脸也真叫人难看死了，这小子准在交死运。"

倩倩噗地一笑，两人便携手自去了。

且说花奴走进里面，只见拜云躺在沙发上，头发乱得像草，领带也不曾打，眼睛红得肿肿的，像胡桃般大，满颊是泪地犹抽噎着。

花奴走近他身边，叫了一声云哥，那泪已像雨点般地落下来。拜云一见花奴，便猛可地坐起，将花奴的手紧紧握住，只说了一句"我再也想不到……"便又哭了起来。花奴没有话可以来安慰他，呆呆地只陪着他淌泪。

两人哭了许久，拜云方道："你怎么知道的？"

花奴一面拿帕儿给他拭泪，一面说道："我在报上瞧见的。昨晚上我和云哥分手，已经十点半钟，那你回家时恐怕火已在烧了吧？但伯母怎……"说到这里，自己那泪倒又滚滚掉下来。拜云听了，更是抽噎不已。

正在这时，见里面又出来两个女子，一个云发蓬松，脸上含着丝丝眼泪，一个稍长的半环抱她肩，低头在她耳边犹絮絮劝着，一面抬头向拜云道："密司脱陶，你也快不要太伤心了，你妹妹才给我劝好，你们自己身子也要紧。"

拜云忙站起来道："陈小姐，我真感激你。我自己理会得，请你劝劝我萍妹好了。"说着，又替花奴介绍道，"这是我表妹江寄萍，这位是表妹同学陈美玲小姐。"

花奴因先和美玲握手，美玲正欲问花奴姓名时，拜云又道："这位是黄花奴小姐，是我从前的同学。"

寄萍见花奴也满颊是泪，好像带雨海棠，想这人好不慈心，一时便感到她的可亲可爱，竟握了她手，说不出话来。大家呆呆淌会儿泪，寄萍道："云哥，你休息会儿，我到外面哭灵去。可怜他们三位老人家竟会如此下场……"说到此，又抽抽噎噎哭起来。花奴和美玲听了，也都泪下如雨。

拜云哽咽道："我也得出去了，想这时吊客已来。"

四人到了大厅，这时厅上早已布置舒齐，吊客都至。拜云在外答礼，灵帏内寄萍哭得死去活来，只听直声的哭音，不听有转声的哭音。这一种哭声实在是最最伤心人的表示，所以吊客无不凄然泪落。花奴和美玲也边哭边劝，但在这个时候，哪里能劝得住呢？后来寄萍哭得力竭声嘶，咽喉早哑，再也哭不出声来，眼泪也枯干了。

美玲道："萍妹，你自己身子到底也要紧呀。"

花奴这时想想寄萍的身世，真比自己还可怜，一时悲从中来，不觉也放声大哭。寄萍见她代自己哭着，心里愈加感激。拜云站在外面，听帏内竟是花奴的哭声，一时心中又悲又喜，那眼泪又像泉水般地涌上。

这时已经午餐将近，只见李琴生匆匆走来道："密司脱陶，一切衣衾棺椁统统都已备齐，一准下午三时入殓吧。"

拜云连忙道："李老伯，累忙你了。小侄是不知什么的，一切全做仗老伯办理好了。事后我不知怎样答谢你才好。"

李琴生道："说哪里话来？你说对于材要好一些，我现在替你都是买的沙木棺材，大约五千元左右一口，也许还有一个折扣。"

拜云弯着腰，连说费神。琴生道："那么对于下葬之事，究竟怎样办？"

拜云搓着手哭道："这事真叫我左右为难。若葬在上海，我觉得对不住老人家，但要运回家乡去，唉，现在家乡一片焦土，我真梦想不到她老人家不死在南京，竟会死在上海……"说到这里，又挥泪不已。

琴生亦觉凄然，因说道："你的舅爹原也是南京人，刚才我也问过萍小姐，她是哭得人事不省，只说这事问你好了。我想你舅爹又没儿子，他过后的事，当然你也得管一管。"

拜云忙道："这个自然，舅父母原和爸妈没有两样，在我意思，那么把他们暂在寄棺所中栈一栈，待将来时局平靖，再让我带回乡去下葬吧。"

琴生点头道："这样很好，我也觉得如此妥当。这时馆后原有寄棺所，回头我给你放到账房去接洽。"

拜云道："李老伯，你且先用了饭吧，他们已坐席了。"

琴生道："我并不饿，这里诸事舒齐，我还要到住宅那边去。他

141

们保险公司还要派人来调查了。"说着，便匆匆走开。

拜云心中真是万分感激，一面又匆匆到里面，只见花奴、美玲和许多寄萍的同学，都围着寄萍簌簌落泪。拜云因道："各位姐妹想都饿了，你们请快坐席吧。"

寄萍听了，向美玲道："真的我也忘了，姐姐，请你给我代做个主人，招待各位姐姐用饭吧。"

美玲道："那么你也去吃些。"

寄萍道："我真的不想吃，花奴姐姐也去吧。你们放心，我再不伤心了。"

众人只得自去坐席，拜云在寄萍旁边坐下，呆了一会儿，向她叫声妹妹，那泪又掉下来。寄萍已不能再哭，拜云见她两眼已哭出血来，因为不忍再引她伤心，忙拭去了自己的泪，一面把材暂放在寄棺所，且先日后运回家乡的话，向寄萍告诉一遍。寄萍含泪点头，想起父母双亡，自己孤零零一个，日后究竟如何结局，真是无限伤心，握着脸儿又抽噎不止。

这时琴生又来打拜云道："这事我已和馆中人说过，他说可以的，特等房间每年一百二十元，每房间寄材三口。"

拜云道："那么我们就租一间好了。"

这时下午的吊客又至，拜云忙又出去，寄萍也要到灵帏内去哭。花奴阻止她道："妹妹，你是再也哭不得了。"寄萍亦自觉无泪可哭，只不过干声吞泣罢了。

一会儿三时已到，材早送到，拜云、寄萍把他们一并入殓盖棺。这是人生永别之时，安得不痛心？拜云、寄萍号啕顿首大哭，花奴、美玲等亦哭。来宾无不流涕，悲惨景象，真令人目不忍睹，酸鼻啼声，亦令人不忍卒听。入殓后，来宾又一一祭过，待把材送入寄棺所一切舒齐后，时已黄昏，众宾都已散去。寄萍在棺前痴立许久，回头握住拜云的手泣道："云哥，我们已变成无父无母无家的孤儿了。"拜云一听这话，不禁又涕泪交流。

第二十回

破产倾家屋漏更遭雨
露肘捉襟移东不补西

拜云听寄萍说出这一句话，正是刺痛了自己的心，忍不住泪流满脸。美玲劝两人到外面去坐，花奴对寄萍诚恳地道："萍妹，你今天到我家去住吧。"

寄萍含泪道："谢谢姐姐美意，但我们是火烧出的人，诸多不便，还是借旅馆去好。"

花奴道："这些原没有意思，妹妹是不用忌讳的。"

拜云道："改天我伴萍妹到你家里玩儿天好了。"

正说时，李琴生拿来馆中一张账单，共计用洋四千二百一十元。拜云接过，把账瞧了一遍，问道："老伯可曾复过？"

琴生道："我已给你复核过，不会错的。这次化妆费不少。"

拜云因把支票簿取出，开了一张大华银行即期支票，交给琴生，一面又问道："李老伯，所以扎彩、衣衾、棺木等一切用去账目，可有送来？"

琴生道："都在我这里，回头我交给你好了。今天你们打算怎样？借旅社住吗？"

拜云道："是的，还有什么办法呢？"

琴生匆匆出去，一会儿又进来，把账单全交给拜云道："你瞧一瞧，我此刻要到保险公司去了。"

拜云忙叫住道："李老伯慢些，这些也拜托你去付吧。"说着，把各账单略瞧了一瞧，遂统统开好支票，交给琴生，一面又说道，"我们打算开大东房间，牌上用我的姓。李老伯回头有事，到那边来找我好了。"琴生答应，遂自坐车走了。

寄萍问拜云道："云哥，你算一算看，共用了多少数目。"

拜云向支票存根一点道："只用了两万几千元钱，原不算多。"说着又道，"那么我们走了，陈小姐和我们一块儿走怎样？"

美玲点头道："我看好你们房间号码，回头给你们找房子去。"

寄萍握着她手，连连道谢。茶役已把汽车叫来，四人还坐车到大东，借了四三六号房间，美玲方始和寄萍等握手分别。

拜云望着花奴道："月妹今天不回家可以吗？我想请你伴着萍妹谈谈，让她散开些哀痛。"

花奴点头道："当然可以的。"

寄萍道："我听月姐不是在海华行办事吗？那么还是回家的好。"

花奴道："萍妹，你放心，这几天原告着假。"

寄萍握着花奴手，亲热地抚着道："我真抱歉，今天累姐姐也伤心了一天。唉，我真想不到有此地步。"

花奴忙劝着道："这是一个大劫数，人死不能复生，妹妹也只好想开些了。你两人今天整日没进过东西，想已饿了，多少总该吃些。自己身子也要紧，要是你们再有什么病来，那不是使老伯母在天之灵亦不安吗？"

寄萍道："姐姐金玉良言，我自当听从。"但一会儿又想想父母姑妈惨死，以及自己身世之可怜，忍不住又扑簌簌淌下泪来。

拜云道："两位妹妹身子肮脏吗？请你们先洗个澡，我给你们叫好菜好了。"

寄萍道："不急，月姐先去洗吧。"

花奴道："那么我不客气。"遂到浴室里去。

拜云、寄萍在房中呆坐一会儿，寄萍叹道："往后将怎么办呢？"

拜云站起，拉过她的手，一同到窗前站住道："萍妹，你放心，我们两人正是相依为命了。"

寄萍拭着泪痕，一面问道："云哥，这位月姐是不是你现在的同学？"

拜云摇头道："不是，她和我也有特殊的感情，她的身世也是个很可怜的呢。"

寄萍道："刚才她和我谈起，她说她全靠云哥，才有今天一日。"

拜云道："她肯告诉你，她就是一个好人。"

寄萍这时心中方始明白，云哥的心上人却并不是倩倩。自己现在是个无依的孤儿，当然更谈不到情爱两字，现在我只有努力求学，将来能在教育界中自谋一条出路，那就是我的万幸了。况我和月姐一见如旧，我们是个同病相怜的人，她得到幸福，即是我的幸福，那是没有两样的。

寄萍既存了这个心，所以和花奴表示特别好感。花奴见寄萍如此模样，心中也在退一步想，可怜她是个父母双亡的弱女，她唯一的安慰就是表哥，我绝不能够使她感到失望，为了自己的幸福。因此两人惺惺相惜，反都不向拜云理睬了。拜云见她们能够如此亲爱，心中倒也很是安慰。

花奴洗好浴，寄萍也洗好澡，拜云已叫侍者送上三客大餐、一瓶葡萄酒，因为人的精神实在太疲乏了，非喝些酒不可。三人坐着喝一会儿，谈一会儿，又哭一会儿。饭后，花奴又打电话给黄老太，说晚上不回去了。这晚三人直到九时敲过，方始各自就寝。夜里寄萍时时哭醒，总有四五次之多。

匆匆过了三天，这天早晨，陈美玲拿着一份报纸，脸色慌张，急急走来道："密司脱陶，你们存款是不是在大华银行？"

这时拜云、花奴、寄萍三人正在吃早点，一见美玲这样神色，已吓了一跳。拜云听她这样问着，心中更加大惊，忙问大华银行有什么消息。美玲急忙把报纸向桌上一摊，指着报上那则通告道："你瞧吧。"

花奴寄萍一听，因也和拜云一同瞧道：

海百平律师代表
上海大华银行宣告清理启事

兹据当事人大华银行陈述，本银行因受市面影响，周转不灵，暂行宣告停业。所有人欠欠人各项账目，均由本律师代为登记清理。为此代表登报，凡各债权人务于本月二十日起，一律请赴本律师事务所，将债权数目即日登记，俾得从事清理，万勿自误。切切。特此布告。

代表清理律师海百平
民国二十七年六月二十日

三人瞧完这段启事，不约而同地"啊呀"一声。拜云到此真弄得啼笑皆非，大叫道："屋倒碰着连夜雨，我正应着了祸不单行的一句话了。"说着，猛可地把桌上的玻璃杯、烟缸向地上掷去，抓住自己的头发大喊，"完了！完了！什么都完了！"

大家见他这样发狂似的状态，心中都大吃一惊，花奴和寄萍更急得哭起来。寄萍将拜云身子抱住，哭着叫道："云哥，云哥，你快不要这样呀！金钱原是身外之物，你急出病来可怎么好？"

拜云顿脚道："我今年是什么运？竟想不到有这样的惨变！唉，什么全都完了！"说时，把寄萍身子推开，在梳妆台上拿起前天喝剩的大半瓶酒，向嘴里直灌。急得花奴抢步赶上，把他瓶子夺下，寄萍又攀住了他手，两人只管望着他扑簌簌地哭着。拜云见了这一对带雨海棠似的妹妹，一时心头稍觉清醒，颓然倒在沙发上，长叹一声，也不觉泪如雨下。

美玲道："急也没有用的，第一步办法就是快预备去登记，也许

146

可以稍得着一些。"

正在这时，忽见门外进来一人，寄萍见正是李琴生，因忙叫道："李老伯，大华银行清理消息，你知道了没有？"

琴生道："我也正为了这事来找你的，各项账目支票都已退回了。"

拜云一听，又从沙发上跳起，大声道："这怎么办？怎么办……唉，完了……完了……"说时，直向玻璃橱门前扑过去。

花奴见他竟刺激得这样厉害，因拉住他道："云哥，你难道为了这一些事，竟不管自己宝贵的身子了吗？云哥，你要知道，我们只要留着有用的身子，将来更有重大的使命呢。"

拜云听了这话，向花奴望了许久，嘻嘻笑道："造物太作弄我了啊。"

花奴淌泪哭道："云哥，你要想明白些，你切不要这样呀。"

美玲也过来，扶他到床上躺下道："密司脱陶，你静静地躺会儿，别胡思乱想。这里一切的事，我们都会办舒齐的，请你放心好了。"

寄萍拉过琴生悄悄问道："李老伯，保险赔款现在究竟怎么样了？"

琴生道："你爸爸原只保了四万火险，前天公司中派人前去调查，说起火完全由你们自己而起，原不能赔足，要打个折扣。"

寄萍道："不知打什么折扣呢？"

琴生道："只肯打个对折。我虽竭力争辩，但他们始终不答应。"

寄萍道："这也不必说他了，不知这些赔还数目能否抵过一切用去数目？"

琴生道："还要少一千元左右。不过对于大华银行清理，我们快去登记，大约总还可以到手一些。"

寄萍道："这事也完全要拜托老伯了。"

琴生叹道："剩下你们这一对可怜孩子，我若不尽心出力，我又怎能对得住亡友呢？"

寄萍听了，眼泪又似断线珍珠般地滚下来，一面忙又走到床前，向拜云叫道："云哥，你放心，我们已得了一笔保险费，偿还一切费用，大约差不多了。你且醒一醒，这时快跟李老伯去登记吧。"

拜云淌泪道："妹妹，我真对不起你呀。我一定听从你们的话，我此刻就跟李老伯一同去。"说着，又向琴生道，"李老伯，叫你辛苦了多天，真叫我们不好意思，往后我再向你叩头吧。"

琴生见他不到三天两颊竟似削过，心中也觉伤悲，因劝他道："你总得彻底地想，你们都是年轻的人，日后尽多着无可限量的希望，岂能为了这一些事就刺激得这个样？"

拜云连声称是。寄萍轻声向琴生道："李老伯，对你不起，回头最好再请你伴了回家。他的心神很不好呢。"

琴生点头，遂和拜云一同去登记了。

寄萍眼瞧着拜云走后，忍不住掩着脸又呜咽哭起来。美玲道："你云哥已变成了这个模样，妹妹岂可再自伤身子？这是只好委屈你些，总要好好先劝醒他才好。"

花奴道："玲姐的话不错，萍妹，你的身子最要紧呀。"

寄萍握着两人的手，感激得说不出话。三人都又默默地淌一会儿泪。

寄萍问道："美玲姐姐，你的屋给我们找到了没有？"

美玲道："房子在跑马厅对过盛德坊，是一个统厢房，每月租金五十元……"

寄萍忙摇手道："不行不行，现在我们还付得了这样贵的房金吗？"说着，又深深叹口气，淌下泪来。

美玲道："那么这个里内尚有一间后厢房，租金只要二十元。现在房子真也太难找了。"

寄萍道："那么准定就这一间吧，我想明天就搬进去，因为住在这里开支到底太大。"

花奴在旁听她们的话，回想云哥从前替自己用钱的阔，真有无限感触。

寄萍道："对于房中用具，请姐姐代我向旧货铺去买几件吧。"

美玲道："那么我这时就走了。"

寄萍流泪道："姐姐的大德，我心里记着就是了。"

美玲眼皮一红，便默默地走了。下午和琴生匆匆回来，寄萍忙问怎样，拜云叹道："这个登记不过是空场面罢了。"

花奴急问为什么，拜云道："名义很好，他说大约尚有一成可取，照这样算还有一万二千可到手。但他却要半年以后方可领款，这不是个骗人的手段吗？"

寄萍、花奴听了这话，心中亦暗暗着急，以后生活且不要管他，眼前账款可怎么办？拜云顿脚道："这样环境，简直要逼我到死路去了。"

花奴寄萍都哭道："云哥，你别急，我们总得慢慢想法呀。"

寄萍一面又问琴生到底尚少多少，琴生一算尚少九百元，因道："你们都别急，这些数目，我给你们填吧。"

拜云等三人听了，都猛可地走上来，但却又呆呆地怔着，表示着无限的感激。琴生却默默地走了。

第二天早晨，忽见琴生又匆匆拿了一百钞票走来，脸上微笑道："想不到行里会发一百元慰恤金，这真也是你们大幸了。"

寄萍接了这一百元钱，心中真有泣血的痛心，不觉又大哭起来。拜云、花奴也哭个不住。琴生也含泪告别，最后说道："你们全都年轻，眼前环境虽恶，将来总有光明的一天，我希望你们勇往前进。"

下午美玲来领两人进屋，四人到了那边，见两床一桌两椅已摆在房中。寄萍付了美玲的用具钱，又付了房金，尚存五十元钱。当夜花奴仍不肯回来，要和寄萍做伴。三人对这一间死沉沉的房间，思前想后，真觉无限沉痛。

第二十一回

怀德赠金劝君仍入学
受嘲呕血代子愤填胸

槐花黄时，桂子香候，已经是到了秋天的季节了。各学校都已纷纷开课，这天下午，花奴坐车急急到拜云家里来，只见美玲已经先在。寄萍一见花奴，便拉着她手道："我们正等着姐姐到来。"

花奴道："秋季开学已届，萍妹和云哥究竟打算怎样？"

寄萍道："我是决定再不读书了。"

花奴一怔道："那么你预备做什么？"

寄萍道："你别忙，我告诉你。前天我托美玲姐代找个事做，今天美玲姐来给我回话了。"

花奴忙问是什么地方，美玲接着道："我也是一个朋友介绍的，她说有个亲戚姓张，有两个六岁的孩子，因不放心他们到校里去读书，欲请一个家庭女教师。我想这对于萍妹的个性尚还切合。月妹，你瞧怎样？"

花奴想了一会儿道："照我意思，萍妹还是继续求学好。对于学费一层，萍妹，请你放心好了。"

花奴的声音很轻微，寄萍很感激地道："姐姐美意我是万分感激，但是我想，就是给我毕业，又有什么了不得呢？况且在这失业潮流中，大学毕业生失业的也不知多少，所以我决定不愿再读了。倒是云哥要紧些。"

花奴道："云哥固然要读下去，萍妹也该继续的。"

寄萍摇头道："我自受了这个打击，我的人生观改变了。我觉得不从艰苦里奋斗，是绝找不到出路的。"

美玲叹道："素来天真无知的萍妹，环境全把她改变了。"

寄萍道："以前的生活是醉生梦死的，以后的生活我们该好好挣扎起来做一个人。"

拜云呆呆地坐在一旁，默默地并不说话，这时便长叹一声道："我总想不到有今天的一日。"

寄萍微笑道："人生的滋味原是苦的，否则刚产下的孩子何以不会笑，落地总是先哭的？他预知人生是乐趣少，烦恼多，做人本来是一个梦啊。"

拜云听了，心中颇觉伤心，萍妹这样年轻的人，竟说出这样话来。寄萍站起，对镜梳了一下头发，回头向花奴道："我现在和美玲姐姐要一同去接洽了，你伴着云哥谈一会儿吧。"

花奴道："这家姓张的住在哪里？"

美玲道："在静安寺路愚园路。那么我们走了。"说着，遂携着寄萍自去。

花奴回过身子，向拜云望了一会儿，柔和地道："云哥，你的精神不行，非快快振作一下不可。"

拜云叹道："已到如此地步，还叫我怎样振作好呢？"

花奴含泪道："你年轻啦，将来希望尽多着，你何苦说这一种颓丧的话？"

拜云低头不语，花奴走近他身边坐下，拉着他手，柔顺地抚着道："云哥，几个月来，你的脸是瘦得怕人哩，我劝你总要放宽了心，书也总得读，饭也总得吃。萍妹告诉我，说你整天只不过吃一小盅饭呢。金钱原是流动的，藏着没有用，这不是你自己说的吗？所以只要身体存在，将来金钱是仍会来的。云哥，你再不要闷闷地糟蹋自己身子，积劳所以致疾，而久郁因以丧生，这难道你不知道吗？"

拜云听她絮絮地说了一大套，心中十分感激，因抬头说道："妹妹的话，我自当听从。你放心，我一定和这恶环境奋斗。"

花奴听了，忽然抱住脖子，破涕笑道："云哥这话对哩。"

拜云也紧紧抱着她身子，两人偎着颊儿默默温存了一会儿，花奴拿过桌上黑漆皮夹，向里面取出三百元钞票，交给拜云道："云哥，这你先拿去做学费吧。"

拜云微红了脸道："几个月来，我已拿了你不少的钱，你自己不要用吗？"

花奴柔和的目光凝视着拜云，轻声道："这些钱全是云哥自己的，你怎么说这话呢？"

拜云道："我觉得很惭愧。"

花奴听了这话，又淌下泪来道："你的钱就是我的，我的钱就原是你的。你说这话，叫我心里难受。"

拜云忙道："你别误会，我说你的开支也不小，你自己也有用处呀。"

花奴道："派给你听，现在我有一百元一月了。除租金四十元，日用二十元，尚多着四十元。我又没有别的用处，那你可以放心的。"

拜云道："日用二十元怕不够吧？"

花奴道："为什么会不够？我娘儿俩吃不到三元钱一月米的。云哥，你拿着吧。"

花奴说时，把手背擦着脸上的泪，一手拿着钞票塞到他衣袋里去。拜云默默地说不出话，心中真有异样的感触。

花奴微笑道："云哥，你高兴出去玩一会儿吗？"

拜云道："后天校中开课了，我准定听从妹妹的话，继续求学吧。"

花奴知道他要去付学费了，因忙道："那么云哥自到学校里去，我明天和你出去玩吧。"

拜云站起道："我和你一块儿走好了。"

于是两人掩上了房门，出了盛德坊。拜云道："妹妹此刻到哪儿去？"

花奴道："我回家了。"说着，拿手帕握嘴咳嗽一阵。

拜云道："你咳嗽直到现在还没有停吗？"

花奴道："已经好得多了。"

拜云望着她道："你脸也消瘦了许多，想来是你替我伤心所致吧？月妹，你劝我不要忧愁，但是你自己身子亦要保重的。我看你最好去给医生瞧一瞧。"

花奴道："我这咳嗽是不要紧的，乏力了就要咳，不乏力就不会咳。"

拜云道："所以我劝月妹要好好休养才好。"

花奴点头答应，遂和拜云握手分别。

花奴一路匆匆地回到家里，还没跨进房门，忽听里面妈和人有谈话声音，心中好生奇怪。遂忙掀起帷幔，只见房里坐着一个西装男子，一见花奴，便笑着连连道："好等，好等。密司黄在哪儿玩？"

花奴见是潘士民，心中一怔，暗想：你到我家做什么来？士民见她惊怪的样儿，因忙又笑道："密司黄，我可冒昧得很，请你原谅。"

花奴因为他究竟是自己行中的买办，不好意思十分冷淡，因含笑点头道："说哪儿的话？我还道是谁，原来是潘先生，请坐，请坐。"把皮夹向梳妆台上一放。

士民搓着手道："密司黄买物去了吗？"

花奴在她妈身旁坐下，摇头道："没有，我去瞧一个朋友。潘先生才来吗？"

士民笑道："好一会儿了，和你老太太聊一会儿天。"

黄老太问花奴道："你碰着他没有？"

花奴点头，一面向黄老太挤挤眼，黄老太会意，遂不说什么了。

大家默默地坐了一会儿，花奴低着头，把纤手拈着手帕，那一排雪白的牙齿微咬着薄薄的嘴唇，心中暗想：没有事老坐着干吗？真是讨厌。士民也觉没趣，意欲找些话来搭讪，可想找些事来谈谈，肚子偏一些儿也想不出，因此只好握着杯子喝茶。直到杯中只剩了几片茶叶，他还兀是向嘴里倒。

黄老太见他这样渴，因站起来又给他倒一杯。士民这才有了说话机会，笑道："谢谢老太太，你不要客气。"

黄老太道："喝一杯淡茶，用得谢吗？"

士民道："平日间老太太的生活倒很清静，星期日和密司黄到哪儿去消遣？"

黄老太道："也没有什么地方可以玩。"说着，又叫徐妈进来买点心。

士民忙道："不要忙，我饱得很。密司黄，今天我想约你出去玩一会儿，不知你肯允许吗？"

花奴听了，意欲拒绝他，忽然灵机一动，不觉眸珠一转，含笑点头道："今天我很高兴，就和你出去玩玩也好。"

士民这次见她答应得这样快，心中这一喜欢，真乐得嘴也合不拢来，笑道："那么我们就走吧。"

黄老太道："月儿，你咳嗽才好一些，要早些回来才是。"

花奴知道妈的话中是不愿自己跟他一块儿去玩儿，但这又岂是自己喜欢呢？她老人家原不知我心中的苦啊。花奴这样一想，眼皮忍不住红了，因忙用手帕揉了揉，一面在玻橱内取出单大衣，一面答应。

士民道："老太太，请你放心好了，回头我送她回家就是了。"说着，便站起戴上呢帽，拿过"司的克"，两人告别黄老太，便出了群乐里。

士民向那边一招手，便见驶来一辆汽车，花奴认得是他自备的。阿三车夫忙开车厢，士民让花奴先跳上车，一面吩咐阿三开到维也

154

纳去。

汽车到了维也纳，两人走进里面，侍役招待入座，问喝什么茶，士民道："一杯清茶，再拿一杯咖啡。"说着，回头又向花奴笑道，"密司黄，今天星期六，所以茶舞更加拥挤，你瞧人真的不少。"

花奴含笑不答，侍者泡上茶，又拿去呢帽大衣。士民把杯咖啡茶送到花奴面前，一面又取支雪茄衔在嘴里，燃着了火吸着。回头去看花奴，只见她呆呆地坐着，两眼水盈盈地只管凝视着舞池里。这时音乐台上的菲律宾乐队正在奏着美妙的爵士音乐，舞池中对对情侣翩翩起舞，好似落英缤纷，又好似蛱蝶穿花，火样的热情，糖样的甜蜜，温柔的拥抱，清脆的笑声，充满在了暗绿霓虹灯光的黑夜里。花奴心中颇觉感慨，暗想：上海到底还是个人间天堂啊！

士民见她这样出神，还道她是个舞癖者，因乘机笑道："密司黄，你对于跳舞很感兴趣吧？"

花奴回过脸笑道："不瞒潘先生说，我对于此道完全是个外行，只能作壁上观的。"

士民见她回过脸时鼻上就闻到一阵如兰如麝的处女香，心里只觉痒痒地难抓，便涎皮笑脸地道："这个我可不相信，密司黄一定诳我。现在出来外面做事情的人，这个是没有不会的，因为这是一种交际呀。"

花奴鼻子里笑了一声道："但是我却真的不会。"

士民暗想：这可好了，你一味地只说不会，叫我这样怎样向你开口求舞呢？嘴里本想再说一句，但又恐怕她心头恼，因此弄得士民搓着手，只望她憨憨地笑。花奴见他这一副窘态，忍不住哧地笑起来。这一笑，在士民眼中看来，觉得无论谁再也没有像她娇媚了，因忙笑问道："密司黄笑什么？是不是笑我被你骗相信了？其实我是一些儿也不相信你呀。"

花奴正色道："你知道什么？"

士民支吾一会儿，傻笑着道："一定我还够不到资格同你做朋友

155

是吗?"

花奴含笑不语,士民道:"可不是?但我这个人是有耐心的,而且是忠心耿耿不变的……"

花奴听到这里,觉得他再说下去,一定要更不雅听,因截住他笑道:"你别误会,我的确不会跳。潘先生倘使感到寂寞的话,你不是可以找舞娘去跳吗?"

士民摇头道:"今天我无论如何也不跳了。"

花奴笑道:"这是干什么?你生气了?"

士民笑道:"我哪里敢生气?假使我去跳了,你不觉得冷清吗?"

花奴道:"我瞧瞧他们舞蹈,听听台上的音乐很好,你只管去好了。"

士民道:"不,我静静地等待着。"

花奴奇怪地道:"你等待什么?"

士民笑道:"我等待着密司黄总有一天会跳舞呀。"

花奴忍不住又抿嘴笑,一时便咳嗽起来。士民道:"密司黄平日工作实在太勤劳,所以累得咳嗽了。明天起我再加你二十元月薪可好?"

花奴含笑不答,士民道:"怎么不说话,嫌少吗?那么算一百五十元怎样?"

花奴哧哧笑道:"太少太少,一千五百元那才行呢。"

正在这时,忽然那边走来一对青年男女,见了士民和花奴便都"咦咦"起来。花奴见这两人一个是潘季玉,一个就是那天介绍给自己认识的韩倩倩,因忙停了笑,四人招呼,士民道:"你们才来吗?"

季玉点头,倩倩笑对士民道:"潘老伯,你的艳福可不浅呀。"

花奴听了这话,花容勃然变色。士民也是一怔,倩倩却哼着笑道:"密司脱陶现在变成了个穷小子,究竟要戴绿帽子了。"

花奴一时气塞胸膛,一阵咳嗽,不觉吐出一口血来,伏在桌上竟晕了过去。

士民急道："密司韩，你说话怎么如此不知轻重？"

倩倩冷笑一声道："什么？"

季玉怕大家闹僵，弄得下不了台，又怕回头给叔父责骂，所以拉着倩倩急忙走开了。士民忙把花奴抱起，在她胸前揉搓着，一面灌下茶去，花奴方始醒过来，见自己身子靠在他的怀里，因忙推开了他，这时又觉自己嘴边有股腥气，猛可省悟，是吐了一口血，顿时身子冷了半截。士民也发觉在台布上有口血，大惊道："那还了得！"花奴只觉四肢无力，头晕目眩，士民立刻叫侍役拿来大衣呢帽，扶花奴出了舞场，坐上汽车，叫阿三急开到扬子饭店去。

第二十二回

醉后放浪狂歌成痛哭
眼前轻薄暴雨虐虫沙

拜云别了花奴，匆匆到学校去继续报名缴费。教务处说学费到校上课时来缴好了，拜云因出了学校，只见迎面走来一个大胖子，正是鲍寒村，两人握了一阵手。寒村道："这次我回故乡去一趟，分别不到几个月，你竟遭到这样惨变。"

拜云叹道："时运不济，这事我再也不愿谈起了。"

寒村笑道："那么我给你一个好消息，下学期皇后恐怕要不读书了。"

拜云好笑道："胖先生，你怎么专门探听这些消息？我是不办报，否则你真是个很好的访事员。"

寒村道："你不愿听，我就不说了，我原也知道你现在心思大不似前了。"说着，哈哈一笑，便自走开了。

拜云轻轻叹了一声，遂急急赶回家里来，一进房门，只见寄萍躺在床上瞧书。寄萍从床上一个翻身跳起，丢了书本，扑到拜云身上来笑道："云哥，你和月姐在哪儿玩？"

拜云见她这样高兴，遂也把她搂在怀里，高高抱起，笑道："萍妹，你多早晚回来的？事情成功没有？"

寄萍咯咯笑道："你快放手，我告诉你吧。"

拜云因和她在床边坐下，寄萍望着拜云唏唏笑道："我先问你，月姐呢？"

拜云笑道："她和我很早就分手的，并没有到什么地方去玩。"

寄萍扭着身子道："我不信，那么你怎的比我还迟回来呢？"

拜云道："我是在校里报名呀。"因把花奴拿来三百元钞票，叫我们仍旧求学的话告诉一遍，一面又握着她的柔荑问道，"妹妹这事若不成功，也还是读书的好。"

寄萍道："你别忙，我也告诉你，这家主人名叫张子卿，是个银行界人士。现在我们已经接洽好了，明天起便去授课，月薪三十元。云哥，你想，这不是很好吗？"

拜云笑道："真的吗？"

寄萍睃着他笑道："我骗你干吗？"

拜云猛可地把她身子用两手擎起笑道："妹妹已得到了光明，已得到了胜利，今夜我非庆贺你不可。"

寄萍给他吓得紧抱着脖子，叫道："云哥，你要跌死我了。"一面又咪咪地笑。

拜云便将她放下，寄萍从床下取出三只大蜜橘笑道："云哥，你瞧，我是预备着三人一同吃，不料月姐却没有和你一同回来。"

拜云见她这样有趣，因剥着蜜橘道："这一只多着，我们留着晚上吃。"

寄萍点头，抿着嘴又咪咪笑。二人吃完蜜橘，时候已经黄昏，寄萍道："我烧饭了。"

拜云取了一只瓶道："我去沽酒。"

寄萍划火柴把洋风炉子燃着，回头眸珠一转笑道："去沽酒干吗？"

拜云笑道："我太兴奋了，非喝些酒不可。"说着，便急急地连跑带跳奔下楼去。

一会儿酒已买来，寄萍饭也煮好，见拜云手中尚有两个荷叶纸包，便跳过来笑问道："这是什么？"

拜云笑道："是下酒的好东西，我们快烫热了酒。"

寄萍忙去烫酒，等热好酒，见拜云已端正两只酒杯，坐在桌旁，拿了两双筷子，在桌边擂鼓似的敲着，嘴里还哼着悲壮的歌曲调子。寄萍见他这样高兴，心中也颇觉欢喜，便笑盈盈地给他满筛一杯，拜云抢过酒壶笑道："我来我来，妹妹，你快坐下。"说着，也给她斟一杯，一面握起筷子，夹了一筷烧肉，塞到寄萍嘴里来道："这是大三元买的，你吃比冠生园怎样？"

寄萍不忍拂他，噗地一笑，便开口吃了。两人边喝边谈，拜云一连灌了她三杯。寄萍本是一滴酒不沾的人，当初喝下一杯，已是两颊通红，这时喝了三杯，早就大醉。拜云喝了十多杯，也有五六分醉意。寄萍捧着自己苹果似的颊儿笑道："云哥，我们吃饭吧。"

拜云笑道："壶里还有两杯酒，我和你一人一杯喝了吃饭吧。"

寄萍不依，拜云也不答应，一会儿笑道："萍妹不是常叫我不要喝酒吗？你若把这杯喝了，我以后一准不再喝。"

寄萍眉儿一扬，眸珠在长睫毛里转着笑道："云哥，你这话可真？"

拜云笑道："当然不骗你。"

寄萍兴奋得把这杯酒一口喝下，拜云正色道："从此我再不喝酒了。"

寄萍跳着笑道："我一定相信你。"说着，盛了饭，两人吃毕。

拜云把剩下一只蜜橘剥开，笑道："我来分吧，一个人该得几瓣？"

寄萍道："你要分得公平，不能多少的。分好了让我拣。"

拜云见她娇靥真红晕得可爱，眼儿似水，银齿微露，两脚还不停地跳着在房中团团转着。拜云见她娇喘吁吁，因逃近床前，故意让她捉住。寄萍向他身怀一扑，两人都倒床上去。拜云将她抱住，咯咯地笑。寄萍早在他手中抢过一瓣，拜云笑道："论理你也不该多吃一瓣呀，要公平须一人半瓣。"

这时寄萍小嘴正衔着半瓣橘子，尚有半瓣露在嘴外。拜云捧过她的粉脸，对准了她嘴要去咬她露在嘴边的半瓣橘子。寄萍淘气，连忙把半瓣橘子也吞进口里，不料拜云咬不着橘子，正巧在她嘴唇上喷地亲去一个嘴。寄萍"嗯"了一声，两人忍不住都咯咯笑起来。

笑了一会儿，谁知寄萍又哭起来，一会儿抱着拜云哭妈，一会儿又哭爸哭姑妈。拜云知道她真的醉糊了心，心里又懊悔不该灌她酒。自己原是个多愁人，因此紧紧抱着她，也抽抽噎噎地哭了。两人哭了许久，便都模模糊糊地睡去，直到次日早晨才醒。

两人想起昨夜情景，都觉不好意思，寄萍更是难为情，瞅着他笑道："云哥，你从此再不许喝酒了吧？"

拜云笑道："好厉害的萍妹，我是再不敢喝酒了。"

寄萍红着脸，忍不住又哧地笑了。两人匆匆洗脸漱口，用毕早餐，寄萍道："我走了。"

拜云道："你大衣穿了去，今天很冷，风也很大。"

寄萍点头，一面披上大衣，一面叹着道："穿上这些衣装，我就觉得伤心。若没有月姐给我做，我还是一件纱衫呢。"说到此，又问道，"今天月姐来吗？"

拜云道："今天是星期，也许来了。我们等着妹妹回家，一块儿到外面吃晚饭去。"

寄萍哧哧一笑，便把纤手在嘴上一按，又向拜云一招，笑着走了。

拜云在床边坐下，翻了一会儿书本，忽见窗外狂风大作，呼呼地如虎啸龙吟。下午更是乌云密布，昏天黑地。拜云正在呆坐，忽见楼下房东送上一个喜帖道："陶先生，这是你的吧？"

拜云接过一瞧，红封上正是写着自己的名字，因点头道了一声谢，房东便自下去。拜云走到桌旁坐下，心中暗想：这是谁的喜帖？但一时再也猜不出，遂连忙拆开封套，抽出来一瞧，不觉笑起来，"哦"了一声。原来却是潘季玉和韩倩倩两人结婚的喜帖，九月十六日假座一品香大礼堂举行结婚典礼，请自己去参加。拜云心想：怪不得寒村昨天告诉我，说皇后不读书了，原来他们是要去度那甜蜜的生活了。一时又颇觉感触，倩倩究竟是个浪漫女，当初她和我多么热情，多么亲爱，现在自己破产了，变成了一个穷光蛋，她到底和别人家去结婚了。想到这里，不禁深深叹了一口气。

这时窗外风声愈大，拜云把喜帖放过一边，眼望着窗外被风吹动的树叶，暗自道：今天的天气真的变了。说时，随手把红封拿起，不料在里面又落下一张白纸来，拜云心中好生奇怪，这是什么条子？遂慌忙翻过来瞧。这一瞧正是应着不瞧犹可这一句话，顿时气得两眼发晕，大叫"这是从哪儿说起"。

你道是写的什么？原来纸上右边画着一男一女，并肩坐着接吻。男的旁边写着潘士民，女的旁边写着黄花奴，左边又画只乌龟，旁边写着陶拜云。这样的一张纸，无怪拜云气得怒发冲冠，把那纸连同喜帖完全撕得粉碎，掷在地上，用脚恨恨乱踏几脚。口中又大骂季玉，你这杂种简直不是个人养的。

拜云拼命地怪着季玉，其实这事倒并不是季玉主动，完全是倩倩的恶作剧。倩倩心中恨着拜云，又恨着花奴，所以玩着这个把戏。拜云发狂似的独自大骂一阵，忽然又理会过来，想道：无风不起浪，这事也许是个事实呢。花奴她见我破家倾产，穷得柴米无着，她去爱上了别人。现在人心难测，女子总是虚荣浪漫的多，这也说不定啊。一时越想越疑，越疑越想，"哦"了一声道："我明白了，我明白了，这事绝非无因。她昨天对我说，她已加到一百元一月了，总共办事还不到一年，月薪竟增加四十元。潘士民这杂种是个守财奴，他没有是到相当的代价，他肯这样花费吗？"

拜云愈想愈不错，心中一阵怒火，两拳狠命在桌上一击，大叫道："月儿呀！月儿呀！你太对不起我了！你真太不知廉耻了啊！"说到这里把桌上的茶杯抛了一地，打得粉碎，又大叫道，"谁要你这些不正当的钱？我情愿一辈子不读书！唉，月儿，你真是，竟会跟着金钱跑啊！"

这时窗外又哗啦啦一阵狂风，天是昏黑得厉害，忽然密密的雨点从天空倾盆似的倒泻下来，打在玻璃窗上，啪啪地怪响。拜云的神志昏了，他发疯似的掷着东西，他恨万恶的社会，他恨黑暗的世界，他恨一切的女人。他希望天立刻坍下来，他祈祷雨不要停，风不要息，他更希望江水向上涌，把这万恶的上海随着狂流漂，最好能把整个世界整个地球随着狂风陆沉，结果完全地幻灭。

拜云紧握了两拳，咬牙切齿地道："世界上一切强与弱全都幻灭、幻灭、幻灭！"

拜云恨声不绝地连连说着，一面回身披上雨衣，戴上呢帽，又连说道："我问她去！我问她去！"说时，便发狂般地向狂风大雨中直奔到花奴家里去。

到了花奴家，只见黄老太也正在发急，一见拜云，反问他道："陶先生，我的月儿昨天在你家里吗？"

拜云听了，心中一怔，忙问道："她昨天夜里没有回来吗？"

黄老太道："是呀，你这时打哪儿来？快脱一脱雨衣，怎么不坐车？受了寒可怎么好？"

拜云听了，心想：到底老太太有了年纪的人有心眼儿，花奴她夜里没有回来，唉，完了，她意志竟这样薄弱啊，算我拜云白白费了一番心血。花奴果真被人摧残了吗？你这样纯洁的姑娘，竟会坠入了歧途，负了我的心原不要紧，但我为你太可怜太可惜了！想到此，那股热泪便滚滚而下。

黄老太却已拧了手巾上来，递给拜云道："快擦把脸，咦，怎么不脱雨衣？我有好多话要和你说。"

拜云却并不理会她的话，毅然地站起，哈哈笑了一声，如醉如痴地匆匆出了房门，又向大风大雨中踱回家去。

黄老太追出来叫道："陶先生，你……怎……"但是拜云并没有听见，可怜他的刺激是受得太深了。

这里拜云心中感到万分的惨痛，谁知那边又发生了一幕惨剧。

寄萍匆匆到了张家，因为今天是星期日，银行里不办事，张子卿亦在家中，见了寄萍，殷殷招待。寄萍上午教了孩子的书，午饭时，子卿特备酒菜，款待寄萍。寄萍见并无主妇出来相见，心中颇觉奇怪，下午遂问孩子，方知他妈妈最近已死。这时忽然狂风大作，大雨倾盆，直到四点敲过，风雨依然不息。子卿因留寄萍晚饭，寄萍因为风雨实在太大，一时不能出外，所以只得答应。子卿遂让寄萍到小会客室聊天。谈到后来，子卿忽然向寄萍求婚，一面诉说自己丧偶的痛苦。寄萍万不料他有些举动，伸手打他一下耳刮子，一面不管风雨，便夺门逃出。这时寄萍头晕目眩，况且风是风雨是雨，只管急急奔出马路，谁知后面飞来一辆汽车，竟将寄萍撞倒。当时车夫见已肇祸，遂开足马力逃逸无踪。后来幸有路捕发觉，急送她到广仁医院，一面问她家住何处，便派人去通知。当拜云走回家中，下面房东告诉他这个消息，拜云呆若木鸡，大哭道："老天啊！我的境遇太残酷了！我再也不能活了！"说着，人已跌倒在地。

第二十三回

日暮途穷哪堪销魂客
夜长梦多愁煞断肠花

拜云一连地受了这几个打击，把他真弄得走投无路了，当时心中无限剧痛，竟昏倒在地。房东倒吃了一惊，连忙把他唤醒。拜云道："你们不要害怕，我没有什么，此刻我立刻就去。"说时回身就走，匆匆地向广仁医院走去。风是刮得像虎啸，雨是下得像海倒，拜云远望着一片迷雾的前途，雨水落在头上脸上，和眼中淌下的眼泪混合了，老天为他在不平呢，还是在为他痛哭？

拜云到了医院，看护领他到三等病房，满房中发出一片呻吟之声，这都是一群世界上的可怜者，在拜云耳中听来，更觉触耳惊心。急急地奔到寄萍的床边，寄萍的伤已被医生裹扎，她淌着泪，凝望着窗外的大雨。拜云叫了一声妹妹，寄萍冷不防拜云这时会来，她兴奋得忘了痛苦，伸开了两臂，拜云早伏在她的身上，两人抱住痛哭了。这是一幕万分伤心的悲剧啊！

拜云道："妹妹的伤在哪儿？要不要紧呀？"

寄萍道："在大腿上，医生说不妨害走路的，谅不要紧。"

拜云淌泪道："你是怎样会被汽车撞倒的？"

寄萍听了这话，激起她心头的沉痛和愤怒，她抽抽噎噎地哭起来。拜云呆望着她，也默默地淌泪。最后寄萍叙述出她遭遇的经过，她咬紧了银齿，圆睁了杏眼，握着小拳高扬，口中大声道："世界是黑暗的，社会是万恶的，到处都是杀人的陷阱。但是我们要活，我们在生存，我们须要与社会艰苦搏斗！"

拜云明白了她受伤的原因，他敬佩，他惨痛，他紧抱着寄萍哭道："世界上除了妹妹一人，再没有一个好人。妹妹是纯洁的天使，是爱的神圣。但你的境遇太惨了，环境逼近我们到死路之上，但是我们是应得束手受死吗？妹妹，我们携起手来，站在一条生存线上奋斗吧！"

寄萍带着眼泪笑道："云哥的话对了。我们绝不灰心。我们受了一次艰难，便得到了一次经验，对于凶猛的社会，多了一些新认识。我们在黑暗里要得到光明，非起来挣扎不可。云哥，我的伤不要紧，回家休养几天就好了，住院到底不是像我们这样的人能住的。"

拜云摇头道："不，妹妹的伤是需要医治的，同是大地上的人类，分不出我们和他们，分不出贫贱和富贵。妹妹，你放心，无论如何，我总得想法使妹妹好了才给你出院。"

寄萍握着拜云的手，默默地又哭了。拜云这时心中真有说不出的滋味，萍妹究竟是最可爱的，她是我的心，我辜负了她，我对不住她，别人到底全不能靠的啊。望着寄萍可怜可爱的脸庞，觉得萍妹真是自己的知音。越觉萍妹的可爱，心中也就更加万分悲痛，紧偎了寄萍的粉颊，他忍不住又抽抽噎噎地呜咽。

这个时候，忽然背后发出了慈和的话声，使两人都惊觉地回过头去。这是一个年约五十左右的老人，他仁慈的脸上含了一点儿泪水，摇头叹道："两个可怜的孩子。"

拜云和寄萍同时都感到奇怪，我们的境遇难道也会博得人家的同情吗？于是呆呆地望着他出神。他温和地又道："我是本院院长周士诚，你们的谈话我全都听明白了。你们的境遇太使人感动了。你只顾住在院中医治，我绝不收取你一费。且日后痊愈，便跟随我身边做看护，不知你心中愿意吗？"

寄萍听了这话，犹疑自己置身在梦中，忽从床上坐起道："你这话可当真吗？"但是话还未完，下面已伤痛了伤处，顿时粉脸涨得通红。

拜云忙将她扶着躺下，士诚已走近床边含笑道："我说的话素来不骗人的，你请放心吧。"

寄萍破涕道："待我伤好后再叩谢老伯吧。"

士诚听她口才伶俐，心中颇觉喜欢，遂问拜云和寄萍的关系。拜云告诉一遍，士诚忙道："喔，萍小姐原来是紫若先生的令爱吗？你爸这样慈善的人，竟如此下场，真令人痛惜。"

寄萍听了，又不禁泪下如雨。拜云向士诚鞠了一躬道："我萍妹从此寄身有所，真令我感激不尽。"

士诚忙客气一回，一面又安慰他几句，方始自回院长室去。

拜云坐在床边，呆呆地想：萍妹既安身有所，我倒放心了大半。自己的书是再也读不下去了，我绝不能再醉生梦死地活着。情场失意本是青年人的死路，但我绝不会和别人一样，我是被可敬佩的萍妹感化了。从今天起，我非做些事业出来不可。尤其是在中国目前的情势之下，更需要我们年轻人加倍地努力。拜云既有了这种自觉，也就把一切烦恼抛弃了。他觉得眼前显出了一线光明，在脸部的表情上，不期然而然地浮上了一丝微笑。

寄萍拉过拜云的手，笑道："云哥，想不到山穷水尽，亦有柳暗花明的一天。我真感谢老天不使人到绝路之途啊。"

拜云握紧了她手也笑道："我祝福萍妹，光明一定会降临在我们的头上。萍妹，你好好地休养，将来为一班痛苦者而服务，这我知道是非常适合妹妹个性的，因为妹妹真是个慈爱的天使呀。"

寄萍扬着眉儿，眸珠一转，笑道："也许将来还能替国家社会多出一些力，这是我所希望的。"

拜云听了，想原来妹妹亦有此心，一时兴奋得把她手儿狂吻道："对呀，我们全都年轻，妹妹还只有十六岁，若再过四年，也不过二十岁。我们见面的日子真多着哩。"

寄萍听他突然说出这话，心中好生不解。我们又不分别，为什么他说出这话？因望着他呆呆怔着。

拜云道："浮生若梦，为欢几何？过去种种是错误的，妹妹你愿意我做个勇敢有为的人吗？"

寄萍笑道："我不但赞成，且将携着云哥的手，一块儿向前进呢。"

拜云微笑点头，偎着她的脸儿，亲热地温存许久，因为他心中已存着了这是最后生离的一幕。最后拜云向寄萍告别道："妹妹，时候不早，我回家了。你好好地休养，努力你自己的前程，切不要做无谓的伤感，因为我们全都年轻啊。萍妹，再见吧。"拜云说到此，喉间已哽咽住了，再也说不下去。

寄萍听了这话，心中只觉无限酸楚，眼泪已夺眶而出，默默地并没回答。拜云已出了病房，在万分依恋不舍之下，又回过头来望了一眼，那泪早已滚落满颊，英雄气短，所恨的正是儿女情长。

拜云回到家里，天已黑暗，风雨亦停。拜云对灯作书两封，一给寄萍，一给花奴。花奴信封中又附洋三百，原璧奉还。

这夜拜云睡在床上，真有异样感触，含着一眶辛酸的热泪，沉沉睡去。

次日一早，把一封信着人给寄萍，一封信着人送到花奴的家，他便到中国红十字会去报名。不料该会主持者正是李琴生，他一见拜云来报名，心中万分惊奇，忙问他道："你去后，你的萍妹谁来照顾？"

拜云道："这个李老伯请放心，萍妹现在已有了安身之所了。"因把广仁医院院长收做看护的话告诉一遍。

琴生摇头道："虽如此说，但亦不能。想你父母只有你一滴骨血，你舅父母又没有儿子，两姓的宗祧全仗你一人担负。况此次三位老人家惨死，剩下孤苦伶仃的你表妹一个弱女子，你若这样地远离了她，于你也太忍心了啊。"

拜云被他这样一说，心中真是万分悲痛，一时心里又委决不下，左右为难，那泪便淌了满颊。

琴生想了许久道："你若果真要到外面去走走的话，我就介绍你一个去处。上星期南洋我有个朋友，他厂中需要一个化学工程师，想你是化学系出来，必定是个内行，不知你愿意去干吗？你如愿意，我立刻备封信交给你。事也真巧，今天正有一班南洋船开出。"

拜云一听这话，感激流涕地道："既承老伯如此抬爱关切，直使小侄刻骨铭腑。"

琴生见他同意，遂立作一书，交给拜云，又赠资一百，送拜云上船，只听汽笛一响，拜云便离别上海了。

花奴怎么会一夜不回家呢？原来她那天自受了倩倩的侮辱，一时气急攻心，便吐出一口血来。当时潘士民便急送她到扬子饭店，开了房间，一面扶她躺在床上，一面打电话请西医给花奴诊视。西医给她打了两支强心针，配了一瓶药水，方始自去。这时花奴方始渐渐清楚，但是四肢无力，十分疲倦，又好像沉沉欲睡。士民柔声地道："密司黄，你放心静养，我不离开你的。"

花奴不答，士民坐到床边，将她纤手拉起，大胆地放到鼻上去吻着道："密司黄，你知道我心中是多么地爱你呀！"

花奴连忙把他手摔去，可是已给他吻去了，一时心中既恼又羞，但无力挣扎，手儿又给他握去道："密司黄，你恨我吗？你的手儿多香甜，我真爱煞哩。密司黄，请你允许我的爱你吧。你若允许了，就是要我的心，我也愿意挖出来给你的。"说时，便把她的手又放到鼻上去。

可怜花奴到此地步，好像羔羊遇到了豺狼，一些没有抵抗能力，羞红着两颊，气得淌下泪来。这个时候，正是拜云、寄萍在家喝醉酒哭笑哩。士民见花奴淌泪，因笑道："你伤心什么？我告诉你，你只要答应了我，我所有一切财产便都是你的了。一个人不要太傻，你难道不喜欢坐汽车住洋房，倒情愿跟穷小子去受苦吗？密司黄，我这里先送你一些小礼物，请你收了吧。"说着，便在衣袋里取出一只钻戒，光芒四射，在电灯下更显得闪耀夺目，便要套到花奴的手指上去。

花奴慌忙把手指曲起，摇头道："对不起，这个我不要，谢谢你，这时就送我回家吧。"

士民道："现在已经七点多了，外面风大，受了冷可怎么好？就在这儿睡一夜也不要紧，反正明儿是星期。"

花奴见他不允，意欲自己站起，可是再也支撑不住，心中一阵辛酸，那泪更似泉涌。

士民道："为什么要哭呀？身子已经这样柔弱了，请你放心吧，我是绝没有歹意的。你既不愿接受我这礼物，我就不给你了，因为我知道现在还没到这个资格哩。"

说着，把钻戒仍放回袋内。花奴依然淌泪不语。士民道："你饿了吧？我叫菜给你吃饭好吗？"

花奴摇头道："我不想吃。"

士民见她一脸怒气，心中暗笑，便自管喊侍役拿酒拿菜，在房中一个人吃喝起来。眼望着床上的花奴，心中万分得意。这时花奴想起自己的手被他吻了两次，心中羞惭交迸，一时眼前显出拜云可爱的脸庞，心中更觉万分悲伤，忍不住掩着脸呜咽起来。

士民不去理睬她，独自喝完了酒，吃毕了饭，便叫侍役收去，一面便把花奴的黑漆皮夹打开，在自己袋内摸出一叠簇新十元头钞票，大约一千五六百元左右，放进在里面，依然好好地给她放在梳妆台上。心中暗想：我耐心地干，不怕你不到我的怀抱里来。一面走近床边柔声叫道："密司黄，你不用哭了，我明天送你回家是了。我心里是一万分地爱你，但是你不爱我，我也没有办法啊。"说到这里，故意哭起来。

花奴身子朝着床里，只管抽噎，不去睬他。士民道："我希望你将来总能明白我是真心地爱你，你快别哭吧，身体要紧呀。既不想吃，你就早些睡吧。"说着，便自己到沙发上去打盹。

花奴在床上哭了一会儿，不听见士民的声音，因偷偷地回身来望他，只见他呼呼地睡着了，心中方始安心。一会儿想拜云遭遇的可怜，一会儿又想自己处境的恶劣，左思右想，无一处不是使自己伤心的资料，暗暗啜泣，直到午夜方才睡去。

这一觉醒来，已是次日午时，只见士民含笑站在床边道："密司黄醒了？你现在可好了？"

花奴心中犹有些气愤，因只点了一下头。士民笑道："昨夜你还不曾吃过饭，今天一定饿了。"

花奴一面起身，一面嗔着道："我不饿。"

士民好笑道："密司黄，你和我生气没关系，怎么要饿自己的身体？饿坏了身子可怎么好？"

花奴不答，匆匆洗好脸。这时士民早把点心叫侍役拿上，花奴拿过大衣要走，士民拦住不放道："你要走只管走，但是这点心总要吃了走的。"

花奴没法，只得放下大衣道："潘先生，你实在太客气。我一夜不曾回家，妈可急坏了呢。"

士民笑道："午后一准送你回家是了。"

花奴见他始终笑脸奉迎，心中真佩服他的耐心，但他这种老奸巨猾的手段，用在我的身上，恐怕没有什么效力吧。因不再客气，坐下吃了。不料正在这时，忽然狂风大作，暴雨倾盆，窗外似万马奔腾，似千军呐喊，花奴倒吃了一惊。士民道："别怕，天在下雨呢。"

花奴匆匆吃毕，意欲回家，但风雨愈来愈大，这儿一段马路地势很低，所以不一刻工夫，马路已成小河，实在无法回家。士民笑道："你急也没有用，反正总要等雨停后可回家。"一面又留花奴吃饭，花奴到此，真恨老天太捉弄人了。

好容易等到傍晚，风雨始停，士民遂送花奴到家，老太一见花奴，忙问在哪儿，怎么一夜不回？花奴心里悲伤，眼泪便忍不住滚滚而下。黄老太见此情形，心中大惊，以为花奴定遭骗失身，因急急诘问。花奴倒在她妈怀里呜咽着，把这事告诉一遍。

黄老太叹道："昨天我的意思，是不愿你和他一同出去。"

花奴哭道："环境如此，不得不应酬啊。妈妈，我这个书记再也不要干了，那么就可以脱离这个恶势力的境界。"

黄老太又把拜云下午曾来瞧过，看他神色好像失掉魂魄一般，叫他坐一会儿，他忽然又走了的话告诉花奴。花奴一听这话，吃了一惊道："他为什么这样呢？不知他问起我吗？"

黄老太道："我也很疑心。总之，他心里十分不乐，好像晓得你和潘先生出去玩似的。"

花奴听了这话，一时像冷水浇头，四肢冰冷，忍不住呜呜咽咽痛哭起来，黄老太也淌泪不止。这夜花奴哪里睡得着，想明天怎样和云哥去表白一番，方始可以解释这个误会，万一他骂我负心，叫我怎样好呢？一时又想起士民的丑态，自己的手被他吻了两次，她忍不住把手猛可摔了一下，最好把这一只手斩去了，方可免去自己的污辱。她心里又觉得太对不住拜云，因此又整整地哭了一夜。

次日醒来，身体虽然颇觉不适，但她撑着急急到拜云家去。谁知一进房中，只见茶杯茶壶碎了满地，房中一切什物凌乱不堪，却是一个人没有。花奴大吃一惊，慌忙去问房东，房东告诉陶先生刚才出去，萍小姐昨天被汽车撞伤，在广仁医院医住。花奴听此，好像晴天一个霹雳，那眼泪便似雨点般地滚下来。

第二十四回

失志靡他黄花心可剖
言归于好碎月影难圆

　　花奴一听寄萍被汽车碾伤，心中吃了一惊，暗想：云哥所以不高兴，莫非是为了萍妹的伤吗？也许自己的事他不会晓得吧？这时花奴倒略安心了一半，便坐车急急到广仁医院去，问了看护寄萍的病房在哪里，只见寄萍躺在床上，闭眼养神。花奴叫了一声萍妹，寄萍一见花奴，乐得扬着眉儿向花奴招手笑道："月姐，你快来在这儿坐，我是时时记挂着你。我的伤是不是云哥告诉你的？"

　　花奴在床边坐下，抚着她的手儿，摇头道："不是，妹妹怎么会受伤呢？"

　　寄萍叹道："我再也想不到社会上各处全是黑暗呀！月姐，说起来也叫人痛心。"说着，便把过去的事又向花奴诉说一遍。花奴听了这些话，心中无限伤心，想不到我们两人都是命薄如纸，一样被人施虐，正是一对同病相怜的可怜虫。世界上的女子，难道个个都是找不到一条光明的道路吗？花奴想到这里，一股辛酸直冲鼻端，那眼眶里的泪水忍不住扑簌簌地滚下来。

　　寄萍见花奴伤心，也眼皮儿一红，紧紧握着花奴的手，坚决地道："姐姐，我们不用伤心，我们是社会上被重重压迫的可怜者，但我们是否该屈服在这恶势力的环境下呢？不，绝不！我们要活，我们须起来反抗！"

　　花奴听了这几句话，心中深深地被感动了。她想：环境太恶劣了，魔鬼一步一步地进迫着、引诱着，虽然我有坚强的意志，但日后到底要被情感冲动啊。这是多么危险的时机，昨夜我回到家里，检点皮夹，忽然多了一千多元的钞票，这当然是士民干的勾当。我本想把它没收，因为这是拿的瘟生钱呀。现在听了萍妹的话，我觉得太不应该了，因为这是魔鬼引诱的第一步手续。我绝不愿接受它，明天准定退还了他。

花奴连连摇撼寄萍的手道："萍妹，你这话不错，我们同是地球上的人类，为什么女子要被人做神秘的看待呢？我们要平等，我们要自由，实在非起来奋斗不可！"

寄萍破涕笑着，把花奴的手放在自己的嘴上亲着。花奴问道："萍妹，你的伤现在究竟怎样了？"

寄萍道："我已好些了。医生说大概要一个星期方可出院。"

花奴道："妹妹不会换一个清洁些的房间吗？对于一切费用，那你尽管放心好了。"

寄萍含笑道："谢谢月姐美意，我在这儿已经很舒适了。"

花奴在皮夹内取出五十元钞票，塞在寄萍的手中道："这些给妹妹做医药费吧，如不够用，明儿我再带来。"

寄萍心中真感激得了不得，因把她手捧住笑道："姐姐，我医药费可不用付的。"

花奴奇怪道："这是哪儿的话？"

寄萍因把院长的话告诉给花奴，花奴十分高兴道："萍妹这话可真吗？啊，那你真是见到了光明。"

寄萍一怔道："姐姐的职业不是更好吗？"

花奴深深叹口气，含泪不语。

寄萍拉着她手道："月姐伤心干吗？"

花奴摇头道："我没有伤心。云哥来过没有？"

寄萍道："他昨天来过了，今天大约总会来吧。"

花奴道："刚才我先到你们家里，房中一个人也没有。"

寄萍道："也许他到这儿来了。"

花奴道："云哥既到这儿来，为什么还是我先来呢？"

寄萍想了许久道："那么他到哪儿去了？"

花奴又想起妈的话来，一时疑窦丛生，心中不免又暗暗伤心。正在这个时候，忽见侍役拿进一封信来，说是江寄萍女士的。寄萍忙接过一瞧，见是云哥来信，心中大吃一惊，向花奴叫道："月姐，云哥怎么给我信了？他难道……"说到这里，眼皮儿便红起来。

花奴也急道："萍妹，你快拆开来瞧吧。"于是寄萍急急展开信笺，两人一同瞧着，只见写道：

萍妹：

你读了我这封信，你千万不要伤心。因为你也是很赞成我做一个勇敢有为的人。现在国势日非，庶民痛苦，我辈青年岂能再做恋恋儿女态？今拟投身行伍，为国宣劳。想妹乃现代新女性，知我此行，定多欢悦。妹今已安身有所，我心了无挂碍。昨晚与妹倾谈许久，想妹明达，定予我以同情。我们全都年轻，来日会晤正多，恕不多述。再会吧，萍妹，当你读此信时，应该我早已登轮在水天一色的长江中了。

你的云哥　临别寄语

两人瞧完这封信，不觉面面相觑，不约而同地失惊道："啊呀，这是从哪儿说起呀？"

花奴道："咦，前天他还对我说到学校里去报名的，怎么一忽儿竟要到哪里去了呢？"

寄萍也道："是呀，那天他对我说，月姐给他三百元钱，叫他继续求学，他已答应了，怎么又……"

花奴急问道："昨天云哥到底和你谈些什么啦？"

寄萍想了许久，"喔"了一声，泪下如雨道："怪道昨天他和我谈话，全是要别离的样子。当时我心中好生纳闷，但我又怎晓得他真会要走呢？"说罢，便哭泣起来。

这时花奴心中好似刀扎一样痛。她想：云哥忽然转变了方针，其中必有缘故，况他不向我来辞行，难道他真疑心我负了情吗？唉，这样他也真不知我的心了。想到此，泪似泉涌。因向寄萍叫道："妹妹快别伤心，我这时立刻追上去，也许船还不曾开呢。"

寄萍一听，急拭泪道："如此姐姐快走。"

花奴不及告别，站起匆匆就出了医院，坐上车子，喊快速拉到码头上去。等花奴车到，只见轮船已开出里许，从晨风中还送来一阵汽笛之声。花奴扶着铁栏杆，眼望着茫茫江面，心中无限悲酸，掩着脸儿呜咽不止，一时又觉头晕目眩，不能支撑，只得坐车回家里去。

黄老太见花奴回来，便叫着道："月儿，你早晨刚走出一步，陶先生便着人送信来。"

花奴心想：原来我这里亦有信的，不知他说些什么？因急向黄老太取过来信，就倚着梳妆台瞧道：

花奴女士：

拜云命途多蹇，母丧家破，自维一转眼间，已成潦倒落魄。数月来迭蒙资助，衷心感激，没齿不忘。昨造府言谢，未获面谈，怅甚怅甚。想女士追随潘君，深得特殊待遇，良禽择木而栖，郎财女貌，度甜蜜之光阴，得逍遥之幸福，拜云何人，敢不代女士庆得其所？前蒙惠我钞币三百，此款万不敢再受，今特专诚奉赵，还希察收。承情嘱我继续入学，拜云因决意从戎，求学之念，早已打消。今定即日登途，为国前驱，一俟凯旋有日，当再与女士携手话旧。别矣花奴，请勿以落魄人为念也。情长纸短，不尽欲言。秋风多厉，还希自爱。

拜云手启　即日

花奴瞧毕，急向信中一看，果然三百钞洋丝毫未动。花奴复又把"良禽择木而栖，郎财女貌……"念了一遍，顿时脸似死灰，"妈呀"叫了一声，小嘴一张，便哇地吐出一堆鲜血来，早已跌倒在地。黄老太正在后间，一听砰的一声，急忙奔进房来，见花奴躺在血泊的地上，心中大吃一惊，赶紧把她抱起，摸她的脸已经冰冷。黄老太急得没有了主意，忍不住大哭起来。徐妈和房东一听，也慌忙赶上，一个倒茶，一个掐住人中，忙了一阵，花奴方始哇的一声哭起来。黄老太见花奴神色不对，遂叫徐妈打电话喊汽车，送花奴到广仁医院去医治。当到头等病房，由院长周士诚亲自诊视，打了几针，回头暗暗叹息道："这样年轻的孩子，怎么会吐这许多的血，那还了得？"

黄老太哭道："求院长总要想法救治才好。"

士诚道："这个当然，你不要哭，哭了病人心中害怕。"

黄老太不敢再哭，士诚遂回院长室去。

花奴躺在床上叫道："妈妈，你过来。"

黄老太遂走近床边，问道："月儿，现在怎样了？陶先生信中到底说些什么，你竟气得这个样儿？"

花奴泪如泉涌，哭道："妈呀，云哥他是太爱我了呀！他真可怜，但是他误会了，他应该来问我清楚了。现在我受冤事小，累云哥亡命他乡，叫我心中怎能对得他住？"说罢便呜咽不止。

黄老太虽不知详细情形，但亦明白这事是由于花奴和潘先生出去游玩而起，因叹着道："我早就知道这样一定要有不幸的事发生。现在陶先生究竟到哪里去了？"

花奴抽噎道："他说从戎去……"说到此，又悲悲切切哭个不了道，"云哥，我真太对不住你了。我不怪你无情，但你究竟太不明白

177

我的心了啊！”

黄老太也哭道：“月儿，你不要伤心，你自己身子要紧。你若有三长两短，叫我也不能活了呀！”

花奴只管抽噎，黄老太道：“这事想来也奇怪，你们两人出去玩，他怎样知道的呢？”

花奴道：“也许在路上他瞧见的。啊呀，若果在旅社中被他瞧见，我这冤枉怎能再洗得清呢？妈妈，寄萍妹妹也在这儿养病，你最好去叫她来一次，我有话同她说呢。”

黄老太道：“她的伤没有好，怎能走路？过几天再叫她来谈吧。你快养病要紧，日后陶先生总能知道你心的。”

花奴不信，一定吵着要寄萍来，因为除了寄萍，恐怕再没人知道我的心了呀。黄老太没法，只得和看护商量。看护见她可怜，遂用车推寄萍到了花奴病房来。

花奴一见寄萍，拉着她手，叫声妹妹，便又痛哭起来。寄萍见她云发蓬松，两眼红肿，脸白如纸，心中吃了一惊道：“月姐，你怎么也会病了呢？就算云哥为国效劳去，我们也不该太伤心呀。”

花奴听了这话，抽抽噎噎哭了一会儿，把拜云的信递给寄萍道：“萍妹，你瞧吧。照他这样说，还叫我怎能活得下去？妹妹想想看，我究竟是不是这种无情的人呢？”

寄萍瞧了这封信，方知云哥的出走还是受了这个刺激，但他为什么竟一些儿不曾我和说起呢？因道：“这事真奇怪，云哥怎的没和我说起？他到底是听信了谁的谗言？唉，他真也气糊涂了，怎的不问青红皂白，就写出这样无义的信来？无怪姐姐气得吐血。但这时他又不在上海了，这……怎么好呢？”

花奴只是哭着，寄萍给她哭得辛酸十分，也滚滚掉下泪来，一面劝道：“月姐，你哭也没有用，日后云哥总会想回来的。你身体要紧，你若病倒了，不但使老伯母心中难受，将来云哥心中不是也更悲痛吗？”

黄老太垂泪道："萍小姐的话不错，月儿你该想明白些才是。"

花奴叹道："我恨社会太万恶，我恨人心太奸险。但我有坚决的意志，我绝不会入人家的圈套。萍妹，你云哥并没有错，但我只怪他不来和我面说，就这样一走了事。他心中当然是万分悲痛，要知我心中更惨痛啊！"

寄萍哭道："姐姐放心静养，我恨云哥太鲁莽，他要变成不情不义的人了。姐姐的心，难道他还不明了吗？"

花奴听此，更痛哭不停。寄萍亦淌泪不已。

从此以后，两人相对哭泣。寄萍伤愈，而花奴病日增。寄萍服侍病榻，殷殷安慰，花奴抱着寄萍脸哭道："只有妹妹知我心呢。"寄萍听了，亦陪着哭泣。

光阴匆匆，不觉已有三月。花奴病体未见痊愈，且每咳嗽中带有血块。黄老太见她脸一天一天地瘦下去，心中忧愁十分。虽有寄萍相劝，但劝到后来，自己也哭起来，所以大家天天过着眼泪生活。潘士民亦来瞧过，被花奴大骂一顿，因此红着脸绝迹不敢再来。

这天北风正紧，寄萍匆匆从外面进来，向花奴笑叫道："月姐月姐，你快不要伤心了，我给你打听得云哥的去处了。"

花奴不信道："你骗我。"

寄萍拉着她手道："真的并没骗你。姐姐，今天我在路上碰见李琴生老伯，他问我云哥有否常给我写信。我说云哥从戎去了，信一封也没有来过。琴生老伯说，他并没有从戎去，是在南洋某某厂中担任化学工程师。我当时很奇怪，云哥为什么要骗我？后来李老伯告诉我，云哥本来是要从戎去，是被李老伯阻住的，南洋厂中，也是李老伯介绍去的。姐姐，你想，云哥这人真太浑蛋了，三个月中竟连一封信都不来，害得我们日日记挂。姐姐，现在你再不要自伤身子，让我写信去痛骂他一顿，叫他即速回来，你瞧好吗？"

花奴听了，真感激得又哭起来道："妹妹这样爱我，正是没齿不忘。但今生恐怕不能报答，只好待来生吧。"

寄萍心酸淌泪道："姐姐何苦又说此话？只要静养，病体自然会好。"

两人抱着哭了一会儿，当夜寄萍立作一书，寄给拜云，一面笑向花奴道："姐姐的怨气我已尽替你发泄了。云哥若不来回信，真个不是人了。"

花奴含泪感谢，过了一星期后，拜云果然从南洋打来一电报，寄萍忙读给花奴听道：

> 上海江寄萍表妹鉴：函悉。月妹含冤，云已知罪。请
> 先代我道歉，容云到沪后再行负荆。陶拜云叩电

花奴听见电报，瘦削脸上挂了一丝笑容。寄萍觉得这笑是三个月不见了，因也很高兴地和她谈笑解闷。花奴心中也十分安慰，这时对镜照着，瞧了自己的脸颊瘦得不成样儿，心中又觉伤心。想云哥瞧我如此模样，心中不知会不喜欢吗？因此花奴药水也大口地喝，饭也加多地吃，可怜这时花奴心中想活想做人，但内部的机件已全坏了。

这是接到电报后的第三天，花奴从早晨到下午，只是喘着气。黄老太见她眼睛已失了神，知道爱女不久将脱离这个世界，心中好似刀割，背着花奴暗暗啜泣。花奴也自知病已入骨，不能救治，因拉着寄萍垂泪道："萍妹，我这病是不会好了，恐怕再也等不住云哥来见一面。好在云哥已明白了我的心，我虽死亦无遗憾。"

寄萍哭道："姐姐何苦说这话呢？"

花奴道："萍妹，你不用伤心。人生百年，如白驹过隙，早死迟死是一样的。现在我要求你两件事，就是我死后，你且慢给我入殓。我生不能和云哥见面，遗体该和他见见。还有我年老的妈妈，可怜她已到风烛残年，再叫她受此刺激，真令我酸楚。妹妹如真心爱姐姐的话，我的妈总要你照管的。"说到此，把自己手指上一只钻戒取

下，套入寄萍指上，又道，"姐姐并无别的东西，留下这件小东西，给妹妹做个纪念品吧，也不枉我们姐妹俩亲热一场。"

寄萍到此只得哭着安慰她道："姐姐，你只管放心，你的妈就是我的妈……"说到这里，喉间早已咽住，捧着花奴的手啜泣不止。

花奴微叹道："妹妹，云哥是个可怜的，你总要和他好好地劝慰。我希望你俩白头偕老……"说到此，微微一笑。

寄萍泪似泉涌，黄老太已哭不成声，叫道："月儿呀，你真忍心丢下我去吗？"

花奴泪下如雨道："妈妈，这也没有办法呀，好在萍妹和你的月儿是一样的。"说时，气喘更急，眼皮下垂。

正在这时，忽见房外奔进一少年，似疯狂般地跑近床边，见花奴闭眼，失声哭道："啊呀，月妹，你竟等不住我回来了吗？"

花奴听此声音，似尚有知觉，勉强地睁开了眼，望着他挣出一句话来道："云哥，我想不到还能见到你……"

拜云大哭道："月妹，我害了你！我害了你！早知有今日，我为什么要给你……倒不是给你一辈子卖花好吗？"

花奴两眼睁着，并不垂下，拜云满颊流泪道："月妹，你始终是我的，你始终是我的。"

花奴听了这话，方始合上眼皮，可是在眼角边却涌上一滴晶莹的泪水。拜云猛可伏下去，将她身子抱着，痛哭不已。黄老太、寄萍也号哭不停。花奴一缕芳魂，从此却已永远离别了人世。

黄老太哭倒地上，寄萍向她跪下道："妈妈，妈妈，姐姐既已死去，你老人家身子更要保重啊！"一面又劝拜云。

拜云抚尸痛哭许久，只得停止，料理她的后事，把她葬在上海公墓。寄萍扶黄老太回家，拜云怕老太太伤心过度，嘱寄萍伴着她，不用同去。这里待下葬舒齐，墓前立碑一块，上书"故未婚妻黄女士墓，服夫陶拜云题"。

匆匆过了三日，拜云、寄萍备了花圈，又往墓前吊祭。路上遇见鲍寒村，他告诉拜云，说季玉新婚不到三月，已患夹阴伤寒症死了。拜云心中稍觉解去气愤。两人在墓前痴立多时，寄萍已呜咽哭泣。拜云叫道："月妹，月妹，季玉罪魁已死，你魂而有知，定当安慰九泉。"

时已黄昏，一轮皓月悬挂天空，拜云凝视明月，见月中隐约站有卖花女郎，酷肖花奴。四野寂寂，杳无人声。在夜风中吹送过来好像有阵阵清脆卖花的声音，在拜云耳际中旋绕，久久不散。

拜云叹道："这是一个梦啊，还是碎去月儿的影子啊！"

附　　录

从鸳鸯蝴蝶派谈到冯玉奇小说

裴效维

　　《民国通俗小说典藏文库·冯玉奇卷》将收录冯玉奇的百余种小说作品，此举极其不易。现在，我愿以这篇文章给出版者呐喊助威。尽管我人微言轻，但我毕竟是一个中国文学的研究者，为鸳鸯蝴蝶派说些公道话是我的责任。

　　冯玉奇是一位鸳鸯蝴蝶派作家，因此我们要想了解冯玉奇，必须首先厘清有关鸳鸯蝴蝶派的一些问题。

一、何谓鸳鸯蝴蝶派

　　鸳鸯蝴蝶派作家平襟亚在《关于鸳鸯蝴蝶派》（署名宁远）一文中对鸳鸯蝴蝶派的来历说得很清楚：

　　　　鸳鸯蝴蝶派的名称是由群众起出来的，因为那些作品中常写爱情故事，离不开"卅六鸳鸯同命鸟，一双蝴蝶可怜虫"的范围，因而公赠了这个佳名。

　　　　　　　　　　——载香港《大公报》1960年7月20日

　　可见鸳鸯蝴蝶派并不是一个有组织有宗旨的小说流派，而是因为当时流行的言情小说多写一对对恋人或夫妻如同鸳鸯蝴蝶般相亲相爱，形影不离，因而民间用鸳鸯蝴蝶小说来比喻这种言情小说，那么这种言情小说的作家群当然也就是鸳鸯蝴蝶派了。这种说法应该是可信的，因为民间常用鸳鸯和蝴蝶来比喻恋人或夫妻，很多民间文学作品中不乏其例。这一比喻非常形象生动，但并无褒贬之意，因此不胫而走。

传到新文学家那里，便加以利用，并赋予贬义，作为贬低对手的武器。但新文学家对鸳鸯蝴蝶派的界定并不一致，大致有两种看法。

一种看法认同民间的比喻说法，即将鸳鸯蝴蝶派小说局限为通俗小说中的言情小说，将鸳鸯蝴蝶派局限为言情小说作家群。鲁迅是这种看法的代表，他在1922年所写的《所谓"国学"》一文中说："洋场上的文豪又作了几篇鸳鸯蝴蝶派体小说出版"，其内容无非是"'卿卿我我''蝴蝶鸳鸯'"（载《晨报副刊》1922年10月4日）。又于1931年8月12日在社会科学研究会做了《上海文艺之一瞥》的长篇演讲，其中对鸳鸯蝴蝶派小说更做了形象而精辟的概括：

> 这时新的才子＋佳人小说便又流行起来，但佳人已是良家女子了，和才子相悦相恋，分拆不开，柳阴花下，像一对蝴蝶、一双鸳鸯一样。

> ——连载于《文艺新闻》第20、21期

此外，周作人、钱玄同也持这种看法。周作人于1918年4月19日在北京大学文科研究所小说研究会做《日本近三十年小说之发达》的演讲中，就说现代中国小说"还有《玉梨魂》派的鸳鸯蝴蝶体"（载《新青年》第5卷第1号）。次年2月，周作人又发表《中国小说里的男女问题》（署名仲密）一文，认为"近时流行的《玉梨魂》，虽文章很是肉麻，（却）为鸳鸯蝴蝶派小说的鼻祖"（载《每

周评论》第 5 卷第 7 号）。与周作人差不多同时，钱玄同在 1919 年 1 月 9 日所写的《"黑幕"书》一文中也说："人人皆知'黑幕'书为一种不正当之书籍，其实与'黑幕'同类之书籍正复不少，如《艳情尺牍》《香闺韵语》及'鸳鸯蝴蝶派小说'等等皆是。"（载《新青年》第 6 卷第 1 号）这种看法后来被人称之为"狭义的鸳鸯蝴蝶派"看法。

另一种看法却将鸳鸯蝴蝶派无限扩大，认为民国年间新文学派之外的所有通俗小说作家都是鸳鸯蝴蝶派，他们的所有通俗小说都是鸳鸯蝴蝶派小说。这种看法的代表人物是瞿秋白和茅盾。瞿秋白从小说的内容方面来扩大鸳鸯蝴蝶派小说的范围，他在《财神还是反财神》一文中说，"什么武侠，什么神怪，什么侦探，什么言情，什么历史，什么家庭"小说，都是鸳鸯蝴蝶派小说（见人民文学出版社 1953 年 10 月版《瞿秋白文集》）。茅盾则从小说的形式方面来扩大鸳鸯蝴蝶派小说的范围，他在《自然主义与中国现代小说》一文中认定鸳鸯蝴蝶派小说包括"旧式章回体的长篇小说""不分章回的旧式小说""中西合璧的旧式小说""文言白话都有"的短篇小说（载 1922 年 7 月《小说月报》第 13 卷第 7 号）。这种看法后来被人称之为"广义的鸳鸯蝴蝶派"看法，而且逐渐成为主流看法，以致后来的文学研究者都接受了这种看法。

新文学家不仅在鸳鸯蝴蝶派的界定问题上分成了两派，而且在鸳鸯蝴蝶派的名称上也花样百出。如罗家伦因为徐枕亚等人好用四六句的文言写小说，便称其为"滥调四六派"（见署名志希的《今日中国之小说界》，载 1919 年《新潮》第 1 卷第 1 号），但无人响应。郑振铎因为《礼拜六》杂志为鸳鸯蝴蝶派的主要刊物之一，便称其为"礼拜六派"（见署名西谛的《新文学观的建设》一文，载 1922 年 5 月 21 日《文学旬刊》第 38 号）。这一说法得到了周作人、茅盾、瞿秋白、朱自清、阿英、冯至、楼适夷等人的响应，纷纷采用，以致使用频率越来越高，知名度越来越大，终于成为鸳鸯蝴蝶派的别称了。于是"鸳鸯蝴蝶派"和"礼拜六派"两个名称便被新文学家所滥用。如郑振铎在《新文学观的建设》一文中称"礼拜六派",而在《〈文学论争集〉导言》一文中却称"鸳鸯蝴蝶派"(见上海良友图书公司1935年10月出版的《新文学大系·文学论争集》卷首)。还有人在同一篇文章里既称鸳鸯蝴蝶派,又称礼拜六派。如阿英在1932年所写的《上海事变与鸳鸯蝴蝶派文艺》一文中说:张恨水的所谓"国难小说",与"礼拜六派的作品一样,是鸳鸯蝴蝶派的一体","充分地说明了鸳鸯蝴蝶派的作家的本色而已"(见上海合众书店1933年6月出版的《现代中国文学论》)。

茅盾在20世纪70年代觉得统称鸳鸯蝴蝶派或礼拜六派都不合适,于是提出了一个折中的看法,他在《紧张而复杂的生活、学习与斗争(上)——回忆录(四)》中说:

> 我以为在"五四"以前,"鸳鸯蝴蝶派"这名称对这一派人是适用的。……但在"五四"以后,这一派中有不少人也来"赶潮流"了,他们不再老是某生某女,而居然写家庭冲突,甚至写劳动人民的悲惨生活了,因此,如果用他们那一派最老的刊物《礼拜六》来称呼他们,较为合式。

——载1979年8月《新文学史料》第4辑

事实是该派在"五四"前后没有根本变化,都是既写言情小说,又写其他小说,将其人为地腰斩为两段,既显得武断,又无法掩盖当时的混乱看法。

这些混乱的看法导致后来的文学研究者无所适从:或沿用"鸳鸯蝴蝶派"的说法(如北大本《中国文学史》和《中国小说史稿》、复旦本《中国文学史》和《中国近代文学史稿》等);或沿用"礼拜六派"的说法（如山东师院本《中国现代文学史》等）；或干脆别出心裁地称之为"鸳鸯蝴蝶—礼拜六派"（见汤哲声《鸳鸯蝴蝶—礼拜六小说观念的价值取向及其评价》，载《苏州大学学报》1992年第2期）。这可真算是中国小说史上的一出有趣的滑稽戏了。

二、如何评价鸳鸯蝴蝶派

鸳鸯蝴蝶派的开山作品是1900年陈蝶仙的言情小说《泪珠缘》，因此鸳鸯蝴蝶派应该是指言情小说派，这也就是后来的所谓"狭义的鸳鸯蝴蝶派"，但被新文学家扩大为"广义的鸳鸯蝴蝶派"，实际上也就是民国通俗小说派。

鸳鸯蝴蝶派与同时期的"南社"不同，既没有组织，也没有纲领，而是一个在思想倾向和艺术风格上大体相同或相近的小说流派，连"鸳鸯蝴蝶派"这一招牌也是别人强加给它的。然而客观地说，鸳鸯蝴蝶派确实是一个产生过巨大影响的小说流派。在"五四"以前的近二十年间，它几乎独占了中国文坛；在"五四"以后的三十年间，虽然产生了新文学，但新文学只是表面上风光，而鸳鸯蝴蝶派却一派兴旺发达景象。我对"广义的鸳鸯蝴蝶派"做过不完全的统计：该派作家达数百人，较著名者有一百余人，所办刊物、小报和大报副刊仅在上海就有三百四十种，所著中长篇小说两千多种，至于短篇小说、笔记等更难以计数。在此前的中国文学史上，还没有哪个文学流派有过如此宏大的规模，产生过如此巨大的影响。

鸳鸯蝴蝶派由于规模宏大，又处在历史的一个巨变时期，其成员的确鱼龙混杂，其作品也良莠不齐，但总体来说，它形象地记录了中国二十世纪前五十年的历史，为中国读者提供了丰富的精神食粮，对中国小说的传承起过积极作用，因此应该给予充分的肯定。

鸳鸯蝴蝶派小说已经不是中国传统通俗小说的复制，而是一种改良的通俗小说。在形式方面，它既采用章回体，也采用非章回体，甚至采用了西洋小说的日记体、书信体等，至于侦探小说则更是完全模仿自西洋小说。在艺术手法方面，受西洋小说的影响非常明显，如增加了人物形象和景物描写，结构与叙事方式也趋于多样化，单线和复线结构并用，第三人称和第一人称叙述法兼施，还采用了倒叙法和补叙法。在内容方面，鸳鸯蝴蝶派小说已经扩大了描写范围，反映了当时社会生活的各个方面，甚至已经紧跟时事，及时反映当前的社会现实，被称为"时事小说"。如李涵秋的《广陵潮》描写辛亥革命，而他的《战地莺花录》则描写五四运动，这种及时反映当时发生的重大政治事件的小说，与多写历史故事的古代小说完全不同，显然是一大进步。鸳鸯蝴蝶派的言情小说，也不同于古代的才子佳人小说，而是一种新才子佳人小说。古代的才子佳人小说因面对森严的封建礼教，只能写才子与佳人偶尔一见钟情，以眉目传情或诗书传情的方式进行交流，最后皆是有情人终成眷属的大团圆结局。而这种大团圆结局完全是人为的：或出于巧合，或由于才子金榜题名，皇帝御赐完婚，这就完全回避了封建包办婚姻的问题。而民国年间的封建礼教已经在一定程度上松绑，尤其像上海、北京等大城市得风气之先，恋爱自由和婚姻自主思想已经渐入人心。因此有些鸳鸯蝴蝶派的言情小说也突破了古代才子佳人小说的窠臼，才子佳人已经敢于"相悦相恋，分拆不开，柳阴花下，像一对蝴蝶、一双鸳鸯一样"。其结局也不再全是有情人终成眷属的大团圆，而是"有时因为严亲，或者因为薄命，也竟至于偶见悲剧的结局……这实在不能不说是一个大进步"（鲁迅《上海文艺之一瞥》，连载于1931年7月27日、8月3日《文艺新闻》第20、21期）。言情小说由大团圆结局到悲剧结局的确是一个大进步，因为前者是回避封建包办婚姻礼制，而后者是控诉封建包办婚姻礼制。而这一进步的开创者是曹雪芹和高鹗，他们在《红楼梦》里所写的婚姻差不多都是悲剧。因此胡适称赞《红楼梦》不仅把一个个人物"都写作悲剧的下场"，而且最后"作一个大悲剧的结束，打破了中国小说的团圆迷信"

（《〈红楼梦〉考证》，见1923年亚东图书馆版《胡适文存》）。可见鸳鸯蝴蝶派的言情小说在一定程度上继承了《红楼梦》开创的爱情婚姻悲剧模式，因而具有相当的反封建意义。我们可以徐枕亚的《玉梨魂》为例加以说明，因为该小说被新文学家指为鸳鸯蝴蝶派的代表性作品。

《玉梨魂》的故事很简单——清末宣统年间，小学教员何梦霞与年轻寡妇白梨影相爱，但两人均认为他们的这种行为是不道德的。为了得到感情的解脱，白梨影想出个"移花接木"的办法，即撮合何梦霞与自己的小姑崔筠倩订了婚。然而何梦霞既不能移情于崔筠倩，白梨影也无法忘情于何梦霞，结果造成了一连串的悲剧——白梨影在爱情与道德的激烈冲突下郁郁而死；崔筠倩因得不到何梦霞之爱而离开了人世；白梨影的公公因感伤女儿、儿媳之死而一病身亡；白梨影的十岁儿子鹏郎成了孤儿。何梦霞为排遣苦闷，先赴日本留学，继又回国参加了辛亥武昌起义（即辛亥革命），壮烈牺牲。

《玉梨魂》不仅描写了一个爱情婚姻悲剧，而且不同于一般的爱情婚姻悲剧。一般的爱情婚姻悲剧都是由封建势力造成的，即由包办婚姻造成的；而《玉梨魂》所写的爱情婚姻悲剧，其原因却是何梦霞和白梨影自身的封建道德。他们既渴望获得恋爱自由和婚姻自主的权利，又不能摆脱封建道德和封建礼教的束缚，两者激烈冲突，造成三死一孤的惨剧。从而揭露了封建道德和封建礼教的影响力是多么巨大，它已深入人们的骨髓，使其不能自拔。因此，它的反封建意义比一般的爱情婚姻悲剧更为深刻。

其实，新文学阵营也不是铁板一块，虽然大多数新文学家对鸳鸯蝴蝶派全盘否定，但也有少数新文学家态度比较客观，他们对鸳鸯蝴蝶派也给予一定的肯定。鲁迅是其中最突出的一位，他不仅认为某些鸳鸯蝴蝶派的悲剧言情小说是"一大进步"，而且不同意某些新文学家对鸳鸯蝴蝶派消极影响的夸大其词。他说：

至于说他流毒中国的青年，那似乎是过虑。倘有人能为这类小说所害，则即使没有这类东西也还是废物，无从挽救的。与社会，尤其不相干，气类相同的鼓词和唱本，国内非常多，品格也相像，所以这些作品也再不能"火上添油"，使中国人堕落得更厉害了。

——《关于〈小说世界〉》，载《晨报副刊》

1923 年 1 月 15 日

这种客观的观点与前述周作人无限夸大鸳鸯蝴蝶派作品能使国民生活陷入"完全动物的状态"乃至"非动物的状态"的观点形成了鲜明对比。当抗日战争爆发后，鲁迅更提倡文学界的抗日统一战线，主张团结鸳鸯蝴蝶派一起抗日。他说：

我以为文艺家在抗日问题上的联合是无条件的，只要他不是汉奸，愿意或赞成抗日，则不论叫哥哥妹妹，之乎者也，或鸳鸯蝴蝶都无妨。但在文学问题上我们仍可以互相批判。

——《答徐懋庸并关于抗日统一战线问题》，

载《作家》月刊第 1 卷第 5 期

鲁迅不仅提倡团结鸳鸯蝴蝶派一起抗日，而且主张新文学派与鸳鸯蝴蝶派在文学问题上"互相批判"，这种平等对待鸳鸯蝴蝶派的度量，也与那些视鸳鸯蝴蝶派如寇仇，必欲置诸死地而后快的新文学家形成了鲜明对比。

对鸳鸯蝴蝶派给予肯定的不只鲁迅，还有朱自清和茅盾。朱自清认为供人娱乐是中国传统小说的特点，因此不赞成将"消遣"作为罪状来批判鸳鸯蝴蝶派小说。他说：

> 在中国文学的传统里，小说……更是小道中的小道，就因为是消遣的，不严肃。不严肃也就是不正经，小说通常称为"闲书"，不是正经书。……鸳鸯蝴蝶派的小说意在供人们茶余酒后的消遣，倒是中国小说的正宗。

——《论严肃》，载《中国作家》创刊号

茅盾也承认鸳鸯蝴蝶派小说也"写家庭冲突，甚至写劳动人民的悲惨生活"。他还从艺术性方面对鸳鸯蝴蝶派小说给予一定肯定。他认为鸳鸯蝴蝶派的有些长篇小说"采用西洋小说的布局法"，如倒叙法、补叙法，以及人物出场免去套语、故事叙述"戛然收住"等等，这一切是对"旧章回体小说布局法的革命"。还认为鸳鸯蝴蝶派的有些短篇小说学习了西洋短篇小说"截取一段人生来描写，而人生的全体因之以见"的方法："叙述一段人事，可以无头无尾；出场一个人物，可以不细叙家世；书中人物可以只有一人；书中情节可以简至只是一段回忆。……能够学到这一层的，比起一头死钻在旧章回体小说的圈子里的人，自然要高出几倍。"（《自然主义与中国现代小说》，载1922年7月10日《小说月报》第13卷第7号）

鲁迅、朱自清、茅盾毕竟属于新文学派，因此他们对鸳鸯蝴蝶派的肯定是有限的。我们应该摆脱成见与束缚，从中国文学史的角度，对鸳鸯蝴蝶派做出客观公正的评价。

三、如何看待冯玉奇的小说

我们澄清了以上有关鸳鸯蝴蝶派的三个问题，等于为介绍冯玉奇的小说提供了一个坐标，也等于为读者提供了一把参照标尺。读者用这把标尺，就可自行评判冯玉奇的小说了。

冯玉奇于1918年左右生于浙江慈溪，笔名左明生、海上先觉楼、先觉楼，曾署名慈水冯玉奇、四明冯玉奇、海上冯玉奇。据说他毕业于浙江大学（一说复旦大学）。1937年九一八事变后寄居上海，感山河破碎，国事蜩螗，开始写作小说以抒怀。其处女作为《解语花》，由上海春明书店出版。出版后旋即由东方书场改编为同名话剧，演出后轰动一时。那时他才十九岁。由此一发而不可收，至1949年7月《花落谁家》出版，在短短十来年时间里，他创作的小说竟达一百九十多种，平均每年近二十种，总篇幅应该不少于三千万字，只能用"神速"来形容。这时他只有三十一岁。近现代文学史料专家魏绍昌先生（已去世）所编《鸳鸯蝴蝶派研究资料（史料部分）》（上海文艺出版社1962年10月出版）开列的《冯玉奇作品》目录只有一百七十二种，也有遗珠之憾。不过我们从这一目录中仍可确定冯玉奇是一位以写言情小说为主的通俗小说作家，因为在一百七十二种小说中，言情小说占有一百二十二种，其他小说只有五十种：社会小说三十四种、武侠小说十四种、侦探小说两种。

冯玉奇不仅是一位写作神速且极为多产的通俗小说作家，还是一位热心的剧作家和剧务工作者。早在他二十六岁（1944年）时，就担任了越剧名伶袁雪芬的雪声剧团的剧务，并为之创作了《雁南归》《红粉金戈》《太平天国》《有情人》《孝女复仇》五大剧本，演出效果全都甚佳。在他二十七到二十八岁（1945～1946）时，又与他人合作，前后为全香剧团和天红剧团编导了《小妹妹》《遗产恨》《飘零泪》《义薄云天》《流亡曲》等二十多个剧本，演出效果同样甚佳。可见冯玉奇至少写过十几个剧本。

冯玉奇一生所写的小说和剧本总计不下两百五十种，总篇幅可能达到四千万字以上，是名副其实的"著作等身"，是当之无愧的中国最多产的作家，号称多产的同派小说家张恨水也难望其项背。当时的文学作品已是一种特殊商品，冯玉奇的小说如此畅销，其剧本演出又如此轰动，这足可以证明其受人欢迎，这就是读者和观众对冯玉奇的评价，它比专家的评价更为准确，也更为重要。遗憾的是，我们无法看到他的剧作和三十岁以后的作品，也不知其晚景如何，卒于何年。

从冯玉奇的生活年代和创作时段来看，他显然是鸳鸯蝴蝶派的后起之秀，所以尽管他作品如此之多，影响如此之大，而同派的老前辈却很少提到他，这也是"文人相轻"的表现之一。

按说要介绍冯玉奇的小说，应该将其全部小说阅读一遍，但我没有这么多时间，也没有这么大精力，因而只向中国文史出版社借阅了《舞宫春艳》《小红楼》《百合花开》三种，全都是言情小说。因此我只能以这三种言情小说为例加以介绍，这可能会犯以偏概全的错误，因此只能供读者参考。

《舞宫春艳》写了两个纠缠在一起的爱情婚姻悲剧故事：苏州富家子秦可玉自幼与邻居豆腐坊之女李慧娟相恋，由于门第悬殊，秦可玉被其父禁锢，二人难圆成婚之梦。不幸李慧娟生下了一个私生女鹃儿，只好遗弃，自己则郁郁而死。鹃儿被无赖李三子收养，长大后卖到上海做伴舞女郎，改名卷耳。中学生唐小棣先是爱上了姑夫秦可玉家的婢女叶小红，不料叶小红失踪，于是移情于卷耳，但无钱为卷耳赎身，两人感到婚姻无望，于是双双吞鸦片自尽。

《小红楼》的故事紧接《舞宫春艳》：曾经被唐小棣爱过的叶小红的失踪，原来也是被无赖李三子拐卖为伴舞女郎，小棣、卷耳自杀后，小红才被救了回来，并被秦可玉认为义女。经苏雨田介绍，与辛石秋相识相恋而订婚。同时石秋的姨表妹巢爱吾也爱石秋，但石秋既与小红订婚在先，便毅然与小红结婚。爱吾为了摆脱难堪的地位，离家出走，下落不明。石秋奉父命赴北平探望二哥雁秋，在火车站被人诬陷私带军火，被军人押到司令部。可巧爱吾此时已成为张司令的干女儿兼秘书，便设法救了石秋一命。但张司令强迫石秋与爱吾结婚，二人既不敢违命，又固守道德，便以假夫妻应付。

后来石秋回到家里，终于与小红团聚。

《百合花开》写了两个紧密相关的爱情婚姻故事：二十岁的寡妇花如兰同时被四十二岁的教育家盖季常和十八岁的革命青年盖雨龙叔侄俩所爱，而盖季常的十六岁侄女盖云仙又同时被三十六岁的银行家杨如仁和十九岁的革命青年杨梦花父子俩所爱。经过许多曲折后，终于两位长辈让步，盖雨龙与花如兰、杨梦花与盖云仙同场结婚。

由以上简单介绍可知，冯玉奇的这三种小说共写了五个爱情婚姻故事，其中两个是悲剧结局，三个是有情人终成眷属。这正如鲁迅所说："有时因为严亲，或者因为薄命，也竟至于偶见悲剧的结局……这实在不能不说是一个大进步。"其次，这三种小说的五个爱情婚姻故事，倒有四个是三角爱情婚姻故事，但它们的情况并不雷同。唐小棣、叶小红、卷耳的三角恋是一男爱二女，辛石秋、叶小红、巢爱吾的三角恋是两女爱一男，而盖季常、盖雨龙、花如兰和杨如仁、杨梦花、盖云仙的三角恋更为异想天开，竟然都是两辈嫡亲男人（叔侄、父子）同爱一个女子。可见冯玉奇极有编故事的才能，从而使作品更具吸引力和娱乐性。又次，这三种言情小说的描写极为干净，没有任何色情描写。除了秦可玉与李慧娟有私生女外，其他人都非礼勿言，非礼勿行。如辛石秋与叶小红因婚礼当天石秋之母去世，为了守孝，新婚夫妻在百日之内没有圆房。而辛石秋与姨表妹巢爱吾为了对得起叶小红，虽被张司令强迫成亲，却只做了几天假夫妻。

从表现形式和艺术手法来看，我觉得冯玉奇的小说与当时新文学的新小说都受了西洋小说的影响，基本相同。譬如：两者都突破了传统小说书名的套路，不拘一格，尤其采用了一字书名和二字书名，如冯玉奇有《罪》《孽》《恨》《血》和《歧途》《逃婚》《情奔》等；而巴金有《家》《春》《秋》，茅盾有《幻灭》《动摇》《追求》。两者的对话方式也突破了传统小说的套路，灵活自如：对话既可置于说话者之后，也可置于说话者之前，还可将说话者夹在两句或两段话之间。至于小说的结构法、叙述法与描写法，更是差不多的。譬如人物描写不再是"沉鱼落雁""闭月羞花""倾国倾城"之类的千人一面，景物描写也不再是"落红满地""绿柳成荫""玉兔东升"之类的千篇一律，而加以具体描绘。这里随便举一个例子：

> 小红坐在窗旁，手托香腮，望着窗外院子里放有一缸残荷，风吹枯叶，瑟瑟作响。墙角旁几株梧桐，巍然而立。下面花坞上满种着秋海棠，正在发花，绿叶红筋，临风生姿，可惜艳而无香，但点缀秋色，也颇令人爱而忘倦。

这是《小红楼》对莲花庵一角的景物描绘，虽然算不上十分精彩，但作者通过小红的眼睛描绘了院中的三样东西——风吹作响的"枯荷"、巍然挺立的"梧桐"、正在开花的"海棠"，从而衬托出莲花庵幽静的环境，曲折地表明了时在秋季。频繁使用巧合手法是冯玉奇小说的显著特点，可以说把所谓"无巧不成书"用到了极致。巧合手法有助于编织故事，缩短篇幅，增加作品的吸引力等，但使用过多则时有破绽，有损于作品的真实性。冯玉奇的某些小说也采用了章回体，但只是标题用"第×回"和对偶句，"却说""且听下回分解"之类的套语已不再经常出现，因此并非章回体的完全照搬。况且章回体并非劣等小说的标志，它在我国小说史上发挥过巨大作用，产生过杰出的四大古典小说。因此用章回体来贬低冯玉奇的小说，也是毫无道理的。

冯玉奇的小说也有明显的缺点。它们与其他鸳鸯蝴蝶派小说一样，主要注重小说的娱乐性，而忽视小说的社会性和艺术性，因此没有产生杰出的作品。他是南方人而小说采用北方话，加之写作速度太快，无暇深思熟虑，导致语言不够流畅，用词不够准确，还有许多错别字和语病。还有使用"巧合"法太多，有时破绽明显，这里不再举例。

　　总而言之，冯玉奇既不是"黄色"和"反动"小说家，也不是杰出小说家，而是一位勤奋多产、有益无害的通俗小说家，他应在中国小说史尤其是中国现代小说中占有一席之地。

2017 年 6 月 4 日于北京蜗居

图书在版编目（CIP）数据

碎月影／冯玉奇著. — 北京：中国文史出版社,2018.3
（民国通俗小说典藏文库·冯玉奇卷）
ISBN 978 - 7 - 5205 - 0012 - 8

Ⅰ. ①碎… Ⅱ. ①冯… Ⅲ. ①长篇小说 – 中国 – 现代
Ⅳ. ①I246.5

中国版本图书馆 CIP 数据核字（2018）第 010526 号

点　　校：袁　元
责任编辑：牟国煜

出版发行：**中国文史出版社**
网　　址：http://www.chinawenshi.net
社　　址：北京市西城区太平桥大街 23 号　邮编：100811
电　　话：010 - 66173572　66168268　66192736（发行部）
传　　真：010 - 66192703
印　　装：廊坊市海涛印刷有限公司
经　　销：全国新华书店
开　　本：720×1020　1/16
印　　张：13　　　字数：164 千字
版　　次：2018 年 3 月第 1 版
印　　次：2018 年 3 月第 1 次印刷
定　　价：39.80 元